W0215970

Biting Liam: Böser Zauber

Solomons Rudel 5

DAWN H. HAWKES

Ein homoerotischer Liebesroman für Erwachsene

Me and the Muse Publishing

ME AND THE MUSE PUBLISHING

www.meandthemuse.com

ISBN-13: 9781730922374

Copyright © der englischen Originalausgabe „“: Dawn H. Hawkes
Copyright © der deutschsprachigen Ausgabe und veröffentlicht von:
Me and the Muse Publishing – Sage Marlowe
Hohenstaufenring 62, 50674 Köln, 2018
Copyright © Cover Design: Sinfully Sweet Designs
Übersetzt von: Sage Marlowe

URHEBERRECHTLICH GESCHÜTZT:
Dieses Buch darf ohne vorherige eindeutige schriftliche Zustimmung des Urheberrechtsinhabers in keinerlei Form, weder ganz noch auszugsweise, vervielfältigt und / oder vertrieben werden. Dies beinhaltet auch die elektronische und fotografische Vervielfältigung sowie zukünftig entwickelte Methoden. Ebenso ist die kostenlose Weitergabe dieses Buches, beispielsweise über sogenannte File-Sharing Sites ausdrücklich untersagt.

Alle in diesem Buch vorkommenden Personen und Handlungen sind frei erfunden. Jegliche Ähnlichkeit zu realen, lebenden oder verstorbenen Personen ist rein zufällig. Sofern Namen real existierender Personen, Orte und Marken verwendet werden, geschieht dies in einem rein fiktiven Zusammenhang.

Bitte beachten:
Einige unserer Titel enthalten Hinweise auf und Beschreibungen sexueller Handlungen, die möglicherweise eine Gefährdung körperlicher und geistiger Gesundheit darstellen können. Mit der Beschreibung solcher Praktiken erheben wir keinen Anspruch auf deren tatsächliche Durchführbarkeit und übernehmen keine Verantwortung für etwaige Verletzungen oder Schäden, die bei der Nachstellung solcher oder vergleichbarer Handlungen entstehen. Generell raten wir unseren Lesern davon ab, potenziell gefährliche Sexualpraktiken ohne entsprechende Sicherheitsvorkehrungen und Anleitung durch Personen mit ausreichender Sachkenntnis durchzuführen.

PROLOG

Brass stöhnte, als er zu sich kam. Ein dumpfer Schmerz hatte sich irgendwo in der Mitte seines Gehirns festgesetzt, ein Schmerz, der sich in dem Moment, in dem er versuchte, seine Augen zu öffnen, noch mehr verstärkte. Er unterdrückte ein Knurren und schwor, dass er es Mika heimzahlen würde. Er hatte gewusst, dass dieser Affe von einem Vampiranführer mit seiner blöden Verliebtheit in Leo sie in Schwierigkeiten bringen würde.

Er hätte auf dem Gelände bleiben sollen, aber hin und wieder war Brass von der unternehmerischen Seite gelangweilt. Ein guter Kampf, um seinen unterdrückten Zorn loszuwerden, neigte dazu, ihn aufzumuntern, und einige Köpfe einzuschlagen war weitaus therapeutischer als das, was ihm jeder Psychiater bieten konnte.

Brass hatte einfach nicht gedacht, dass es *sein* Kopf sein könnte, der wegen Mikas Leichtsinn eingeschlagen werden würde.

Mehr als alles andere war es Brass peinlich, dass er wie ein Grünschnabel erledigt worden war. Er hätte auf alles vorbereitet sein sollen. Er sollte zu schlau sein, um von einem Wurf übergroßer Kätzchen überlistet zu werden.

Unglücklicherweise waren die Wandler stärker und

fähiger als erwartet, in Anbetracht ihrer begrenzten Anzahl. Nicht, dass es viel ausgemacht hätte. Er hatte dennoch sein Messer genommen und es einem von ihnen in die Brust gerammt. Es war ein guter Treffer gewesen, aber er war sich nicht sicher, ob der Angriff das Leben der Katze beendet hatte. Wandler konnten manchmal furchtbar schwer zu töten sein, was den Mythos der ganzen *Katzen mit neun Leben*-Sache stützte. Bevor Brass seine Tötung bestätigen konnte, hatte Leo ihm mit einem Brecheisen auf den Kopf geschlagen und ihn damit genug angepisst, um sein Ziel zu wechseln. Dann hatte der Wandler, den er offensichtlich nicht getötet hatte, Leos Platz eingenommen, gerade als Brass ihm mit der gleichen Brechstange den Kopf einschlagen wollte, die der Mensch bei ihm benutzt hatte. Der zuvor ausgeknockte Wandler hielt Leo am Boden fest, aber Brass hatte keine Chance, etwas dagegen zu tun, bevor etwas Schweres ihn von hinten umwarf. Das Letzte, woran er sich erinnern konnte, bevor das Licht ausging, war ein unangenehmes, knirschendes Geräusch, als sein Gesicht auf den Beton traf.

Und jetzt konnte Brass sich nicht einmal mehr bewegen, da er, wie er schnell herausfand, auf einem verdammten Stuhl saß und gefesselt war. Das metallische Geräusch der Ketten, an denen er zog, um ihre Stärke zu prüfen, hallte durch den Raum. Man konnte wohl kaum darauf hoffen, dass ein Haufen Formwandler normale Ketten haben würde. Die könnte er zerstören, ziemlich leicht sogar, wenn er angemessen motiviert war – diese hier waren jedoch Qualitätsware, die auf übernatürlich starke Kreaturen ausgelegt war, die die Welt durchstreiften, während die Menschheit sich damit beschäftigte, nicht aufmerksam zu sein.

Von der ganzen Situation angepisst, und da Flucht zurzeit keine Option war, verdrängte Brass das Stechen seiner Kopfschmerzen und öffnete widerstrebend die Augen. Für einen Moment wurde er von der einzelnen leuchtenden Glühbirne über seinem Kopf geblendet. Als seine Augen sich mühten, sich anzupassen – verschwommene Bilder, die sich in quälend langsamer Geschwindigkeit verfestigten – stellte er fest, dass der Stuhl, an den er angekettet war, aus einem starken Metall bestand – und offenbar am Fußboden festgeschraubt war, da er sich nicht bewegen ließ, als Brass herumzappelte in dem Versuch, sich zu befreien.

Das Licht brannte immer noch in seinen Augen, sodass er seine Umgebung nicht richtig wahrnehmen konnte, aber er begann ein Gefühl für das Zimmer zu bekommen. Totale Dunkelheit wäre natürlich wünschenswert gewesen. Er hatte eine ausgezeichnete Nachtsicht. Das Wenige, was er jetzt sah, sagte ihm, dass er in einem Keller oder vielleicht sogar in einem Schuppen war. Der Geruch von Dreck und Gras schien den kleinen Raum zu dominieren. Brass unterdrückte das Verlangen zu knurren, weil seine Entführer ihn neben ihre Gartengeräte platziert hatten. Nicht, dass er das Ritz erwartet hätte, aber seine derzeitige Unterkunft war einfach beleidigend.

Brass schüttelte die Empörung ab und fragte sich, wie lange sie ihn dortbehalten würden. Er nahm an, dass sie Informationen wollten, aber Brass war niemand, der quatschte. Irgendwann würden sie seiner müde werden und ihn erledigen. Die Frage war, wie lange es dauern würde, ehe sie seiner müde waren. Brass knirschte mit den Zähnen, weil er wusste, dass sein Leben wegen Mikas gewaltiger Dummheit vertan sein würde.

Brass hatte ihn gewarnt, dass es Konsequenzen geben würde, wenn er seine kindliche Besessenheit von Leo nicht losließ, aber natürlich hatte er nicht zugehört. Einen guten Ratschlag anzunehmen würde bedeuten, dass er noch immer gesunden Menschenverstand in seinem Dickschädel hatte. Etwas, das der Vampirführer immer weniger benutzte.

Der ehemalige Anführer, Kerrigan, war ein böswilliger und sadistischer Grobian gewesen, aber zumindest hatte er gewusst, wann er voranschreiten und wann er sich zurückziehen musste – die meiste Zeit jedenfalls. Am Ende war sogar Kerrigan in seinem Kampf gegen die Raubkatzen gescheitert, nachdem er einem der Rudelmitglieder den Bauch aufgeschlitzt und mit den Innereien des Opfers gespielt hatte, nur um es dann mit dessen rachsüchtigem Bruder zu tun zu bekommen.

„Wirst du mich nur anstarren oder wirst du anfangen, Fragen zu stellen?“, fragte Brass in den Raum. Er konnte geradeso den Umriss von jemandem sehen, der im Schatten zu seiner Linken stand. „Das ist es, wofür du hier bist, glaube ich, es sei denn, du bist nur ein Spanner, der versucht, einen Blick auf den Fang des Tages zu werfen.“

Es ärgerte ihn, als der Mann nicht antwortete.

Warum sich die Leute immer dafür entschieden, sich in diesen Situationen Zeit zu lassen … Brass schüttelte angewidert den Kopf. Erwarteten die, dass er ein nervöses Wrack wurde? Dachten sie, sie könnten ihn zum Schwitzen bringen? Dass ihr Schweigen ihn zum Reden bringen würde?

Was einige Leute sich so dachten.

Er entschied sich hartnäckig zu ignorieren, wie sich die Haare in seinem Nacken aufrichteten. Es war nicht aus Angst …

Brass nahm einen tiefen Atemzug, um dem schweigenden Wandler weitere Worte entgegenzuschleudern, aber die Worte blieben ihm im Hals stecken.

Nun, das ist beunruhigend.

Brass atmete die Luft um ihn herum wieder ein. Etwas in der Luft durchfuhr ihn … ließ ihn ganz leicht zittern und nicht auf besonders unwillkommene Art. Sein Beobachter roch nach Natur, erdig und moschusartig … und exotisch – ein unbestimmtes Gewürz neckte seine Sinne. Brass hatte sich noch nie rühmen können, dass er sich gerne im Freien aufhielt, aber wenn die Natur so roch … könnte er glatt versucht sein, wandern zu gehen.

Der dunkle und ziemlich große Umriss eines Mannes veränderte sich und Brass beendete seine kleine Gedankenreise. Etwas war definitiv los und Brass mochte den jähen Schwindel nicht, der ihn überkam. Plötzlich war er froh, dass er festgebunden war und saß.

„Lass mich dich sehen“, verlangte Brass. Er mochte keine Überraschungen und er fühlte sich im Moment sehr unwohl.

„Du hast meinen Bruder fast getötet“, beschuldigte eine dunkle, grollende Stimme. Es gab einen Hauch von Wut hinter diesen Worten, aber am Ende klang die Stimme ein wenig gebrochen. Rau.

„Ich habe meinen Job gemacht“, sagte Brass. Er war ein

Vampir; sie waren Wandler. Sie standen auf gegenüberliegenden Seiten. Natürlich hatte er seinen Job gemacht. Eine Sache, auf die Brass selbst stolz war, war die Tatsache, dass er ein verdammt guter Soldat war, obwohl er heutzutage lieber seine Zeit hinter seinem Schreibtisch verbrachte, umgeben von seinen muffigen Erstausgaben. Es konnte auf dem Feld chaotisch werden und Brass bevorzugte es, wenn die Dinge nett und ordentlich waren.

„Es ist nicht mehr deine Aufgabe“, sagte der Mann mit einem Ton wie in Stein gemeißelt.

„Weil du mein armseliges Leben beenden wirst?“, spottete Brass, obwohl er spürte, wie sein Magen unwillkürlich wegen der Aussicht auf seinen Tod brannte.

Der Umriss bewegte sich wieder, aber diesmal bewegte sich der Mann ins Licht und verdammt, Brass’ Schwanz zuckte bei seinem Anblick. Sein geheimnisvoller Entführer war über einen Meter achtzig groß und schien voller Muskeln zu sein. Er hatte goldenes Haar, das bis zu seinen breiten Schultern reichte. Er sah aus, als hätte er sich seit ein paar Tagen nicht rasiert, aber die Stoppeln standen ihm gut. Und die goldbraunen Augen, die ihn anstarrten … waren geradezu unheimlich. Außerdem hatte der Mann eine beunruhigende Ähnlichkeit mit dem Triferus, gegen den er gekämpft hatte. Der, den er erstochen hatte. *Brüder?* Er hatte gehört, dass es in Jorgens Rudel ein paar Löwenzwillinge gab.

„Es ist nicht mehr deine Aufgabe, denn du gehörst jetzt hierher. Deine Loyalität hat sich auf das Rudel verlagert“, sagte der Mann. Seine Stimme schien diesmal nicht annähernd so hart, klang beinahe verletzlich.

Brass runzelte verwirrt die Stirn. Er war sich nicht sicher, wie er die Situation deuten sollte. Es waren gewisse Gedanken in seinem Kopf, aber sie schienen viel zu unwahrscheinlich. Er fühlte sich unbestreitbar zu diesem Mann hingezogen und in Anbetracht von Brass' Alter war die Tatsache, dass sein Schwanz halb verhärtet war, während er entführt wurde, definitiv bemerkenswert. Nicht, dass er impotent war oder so, aber nach all den Jahrhunderten, in denen er gelebt hatte, konnten nicht viele sein Interesse lange fesseln. Er war ziemlich schnell gelangweilt.

Brass runzelte die Stirn, als er bemerkte, dass der Wandler zitterte. Ein Mensch hätte es wahrscheinlich nicht bemerkt, aber mit seinen Vampiraugen war er überrascht, dass er es nicht früher bemerkt hatte. Er konnte sehen, dass die Hände des Wandlers so fest zu Fäusten geballt waren, dass die Fingerknöchel des Mannes weiß geworden waren. In diesem Moment bemerkte er auch die stattliche Wölbung in der dunklen Hose des Gestaltwandlers.

Sein Atem beschleunigte sich, was ihm sagte, wie sehr er davon betroffen war. Brass brauchte nicht wirklich viel zu atmen … doch die Anwesenheit dieses Kerls vermittelte ihm das Gefühl, dass er nicht genug Sauerstoff bekommen konnte und sein Blut in die seinem Kopf entgegengesetzte Richtung strömte. In der Zeit, die er gebraucht hatte, um die Erregung des anderen Mannes zu registrieren, war er von halb-hart zu steinhart gewechselt.

„Ist das ein Trick?", fragte Brass und hasste, dass seine Stimme nicht ruhig war.

„Ein Teil von mir wünscht sich, es wäre einer", sagte

der Mann, „aber eigentlich bin ich nur froh, dass mein Bruder durchkommt. Wenn er nicht …“

„Fuck“, stöhnte Brass. Ja, seine Kopfschmerzen würden jetzt nie nachlassen.

Gefährten …

Sie waren verdammte Gefährten, und sein Gefährte war ein braver kleiner Wandler. Es war klar, dass Brass den Mann nicht dazu bringen würde, sich ihm auf dem Anwesen der Vampire anzuschließen. Nicht, wenn es so viele Wandler gab, die dort als Sklaven gehalten wurden, und dazu kam die Tatsache, dass sein neuer Gefährte zu denen gehörte, die versuchten, die gesamte Operation zu stoppen.

Brass hatte nicht wirklich viele Beziehungen zu den Vampiren auf dem Anwesen; Er mochte hauptsächlich die Stabilität der Arbeit dort. Er konnte tun, was er wollte, er musste nie nach Nahrung suchen und die Leute kannten ihn gut genug, um ihn in Ruhe zu lassen, wenn Kontakt nicht unbedingt nötig war. Und er liebte sein Büro.

„Ich weigere mich, von tierischem Blut zu leben“, sagte Brass ihm. „Ich werde nicht leben, indem ich Schweineblut schlucke wie Damian. Ich bin ein Vampir, keine verdammte Fledermaus, die von Vieh trinkt.“

Er war überrascht, als Lippen gegen seine gepresst wurden. Warme, feuchte und verzweifelte Lippen. Die Überraschung ließ schnell nach, und Brass gab so gut er konnte. Die Ketten protestierten gegen die Belastung, als Brass versuchte, seine Arme zu befreien, damit er die Kontrolle über den Kuss übernehmen konnte.

„Du kannst mein Blut haben“, grollte sein Gefährte, als

er sich gerade so weit zurückzog, dass die Worte herausrutschen konnten und fügte hinzu: „Nur mein Blut."

„Du bist ein Wandler", protestierte Brass. Ein Teil von ihm wollte nichts mehr, als seine Zähne in den Mann zu schlagen und Nahrung zu bekommen, aber alles, was er über das Trinken von Wandlern gehört hatte …

„Und?" Sein Partner schien über seine Reaktion unglücklich zu sein.

„Dein Blut ist nicht sauber. Ich werde menschliches Blut brauchen", erklärte Brass. Er war sich nicht ganz sicher, ob er in der Lage sein würde, von Wandlerblut zu leben, aber anscheinend schmeckte ihr Saft recht ranzig, und Brass hatte einen feinen Geschmack.

„Ich rede mit Solomon. Er mag in der Lage sein, uns zu einem Arrangement zu verhelfen, aber du musst dich verdammt nochmal von Leo fernhalten", grollte sein Gefährte.

„Einverstanden." Brass nahm an, dass das der beste Weg war, die Sache anzugehen. „Vielleicht wirst du, wenn ich zurückkomme, eine geeignete Blutquelle für mich gefunden haben. Wenn nicht, kann ich auch einige Leute für mich nachsehen lassen. Du wärst überrascht, wie leicht es ist, willige Blutspender zu finden, wenn du weißt, wo du suchen musst."

Der Wandler vor ihm erblasste.

„Was?" Brass neigte seinen Kopf. All das zu hören, könnte für seinen Gefährte ein wenig beunruhigend sein, aber so war das Leben nun mal.

„Was meinst du mit, wenn du zurückkommst? Du gehst nirgendwohin." Sein Gefährte klang fast panisch.

„Ich muss zum Gelände zurückkehren", informierte

Brass ihn. „Es gibt Dinge, die in Ordnung gebracht werden müssen. Kopien von wichtigen Dateien, wenn ihr Mika jemals vor Gericht stellen wollt für das, was dort passiert ist. Und Beweise aus der Zeit, als Kerrigan mit allem begann. Und es ist nicht so, als würde Jorgens die Gelegenheit ablehnen, für ein paar Monate Augen und Ohren zu haben, die ihm Informationen geben."

„Ich werde dich nicht gehen lassen", knurrte der Wandler drohend und ließ eine Reihe von Fangzähnen aufblitzen, die seinen eigenen ähnelten. „Wenn ich dich jetzt beiße, werde ich rollig werden und dann kannst du nicht gehen."

Brass nagelte ihn mit einem missbilligenden Blick fest.

Sicher würde er nicht …

KAPITEL 1

Der Vampir schrie, als die blauen Flammen ihn zuerst umgaben und dann in seinen Körper eindrangen. Die Lichter waren hübsch, aber die Szene vor ihm war selbst für Brass schwer zu verdauen. Er mochte den Mann nicht besonders, der gerade langsam und schmerzhaft getötet wurde, aber manchmal konnte sogar ein Pfahl im Herzen als barmherzige Alternative betrachtet werden, obwohl es ein geschmackloses Klischee war.

Brass saß auf einem ziemlich unbequemen Stuhl in Mikas altem Büro, und Daniel Malcove saß auf dem des früheren Vampirführers, der viel bequemer war, hinter einem großen Walnussschreibtisch beladen mit Papieren und der Sammlung kleiner Kristallfiguren in Form von kleinen Tieren des Hexenmeisters.

Seit die Hexenmeister die Macht übernommen hatten, hatten sie einen Aufräumprozess in den Vampirreihen des Geländes eingeleitet. Die menschlichen Spender waren freigelassen worden, kurz nachdem die Hexenmeister eingezogen waren, obwohl ein paar Sonderfälle entschieden hatten, zurück zu bleiben – entweder, weil es sie anmachte, Kauspielzeuge zu sein, oder weil sie süchtig nach den Drogen waren, die ihnen während ihres Aufenthaltes serviert wurden.

Der eine oder andere blieb tatsächlich aufgrund emotionaler Bindungen zurück, etwas, von dem Brass wünschte, dass er es nicht nachvollziehen könnte.

Das Schreien hörte auf und der Körper brach auf dem teuren Perserteppich zusammen. Die Flammen flackerten ein wenig und verschwanden dann, als hätte jemand gerade eine Geburtstagskerze ausgeblasen. Der Körper sah völlig unversehrt aus und wenn es nicht den schreienden, weitäugigen Ausdruck auf dem blassen Gesicht des Kerls gegeben hätte, hätte man nie gedacht, dass etwas nicht stimmte.

Brass war anfangs besorgt gewesen, dass er für diese Art der Vernichtung ins Visier genommen werden würde, da er vermutete, dass die Hexer ihre eigenen Pläne hatten, warum sie die Vampire erledigten, aber es schien, dass seine Sorgen nicht gerechtfertigt waren. Nicht vollständig.

Profit.

Das war es, was diese Hexer wollten. Profit und Produktivität. Der Vampir, der gerade getötet worden war, war als entbehrlich gekennzeichnet worden, und Brass stimmte zu. Er hatte nichts gegen den Mann persönlich, aber er war ein Faulpelz mit einer schlechten Angewohnheit, seine Spender so weit zu leeren, dass er in den letzten sechs Monaten zwei getötet hatte. Eine der Frauen war mehr oder weniger verständlich, da sie mindestens sieben Monate dort gewesen war und begonnen hatte, schneller schwach zu werden. Bei angemessener Pflege hätte sie dennoch viel länger halten können.

Für Spender musste gesorgt werden. Brass hatte nicht

besonders viel Zuneigung für Menschen, aber es war eine Tatsache, dass Vampire Blut brauchten, um zu überleben. Würden sie jedes Mal töten, wenn sie sich nährten, hätte die Polizei oder das Militär sie vor Jahren erledigt.

Die Menschen würden einen Haufen Leichen bemerken, die mit Einstichspuren im Hals auftauchten. Ein paar vermisste Ausreißer oder obdachlose Menschen hier und da hingegen … nun, manchmal kümmerte sich die Gesellschaft mehr um die Toten als um die Lebenden.

„Bring den nächsten rein, heißer Feger“, sagte Daniel zu Shamus und schlug ihm auf den Arsch.

Brass würgte ein wenig. Der Grund, warum die Hexer überhaupt da waren, war, dass Shamus es sich in den Kopf gesetzt hatte, dass sie ihm helfen konnten, die billige, flatterhafte Ziege Christa auszuschalten. Nachdem Mika verschwunden war, glaubte ihr niemand mehr, als sie versuchte, die Schuld jemand anderem anzuhängen, und das Wiesel Shamus hatte es irgendwie geschafft, ein Paar Eier in die Hose zu kriegen und etwas daran zu ändern.

Shamus war lächerlich loyal gegenüber Mika und folgte ihm wie ein verirrter kleiner Welpe. Als Christa den Typen tötete, für den er sich entschieden hatte, war Shamus von einem seelenlosen Lakaien zu einem Draufgänger geworden. Wie er auf die Idee gekommen war, Magier ausfindig zu machen, wusste Brass nicht, aber es schien ein uncharakteristischer Schachzug zu sein. Bis zu einem gewissen Grad.

Nach dem, was Brass erfahren hatte, waren die Hexenmeister zunächst auf ihn losgegangen und wollten ihn töten, indem sie den gleichen Zauberspruch benutzten, der den Vampir getötet hatte, der jetzt mit etwa vier anderen lautlos schreienden Toten in ein Nebenzimmer geschleppt wurde.

Wie auch immer, der Zauberspruch hatte einen raffinierten kleinen Trick an sich und war ein ziemlicher Kracher. Er verfügte über eine integrierte Ausfallsicherung, die die betroffene Partei vor dem unerträglichen Schmerz und dem unvermeidlichen Tod retten konnte. Nun, es gab immer ein gewisses Maß an Schmerz und Shamus sah besonders betroffen aus, wenn die Flammen aufflackerten. Wenn jedoch die Flammen rot statt blau wurden, bedeutete es, dass das Opfer, das von dem Bann getroffen worden war, der vorherbestimmte Gefährte eines der Hexer war, der im Zusammenhang mit Daniel und seinem Zirkel stand.

Shamus, so stellte sich heraus, war Daniels Schätzchen für die Ewigkeit und obwohl Shamus offensichtlich verärgert war, dass Daniel *Shamus'* Anwesen übernommen und ihn zu seiner Alpha-Schlampe anstatt zum Alpha-Vamp gemacht hatte, schien Shamus fast glücklich zu sein – trotz des Problems mit Daniels Frau Miranda. Sie kam selten zu dem Anwesen, wahrscheinlich weil sie nicht das Rumgefummel zwischen ihrem Ehemann und dessen Spielgefährten mitansehen wollte.

Wenn Daniel nur eine bessere Arbeitsethik hätte, müsste Brass nicht ständig mit besagter Aktion konfrontiert werden. Es war alles ziemlich widerlich. Ehrlich gesagt machte es ihn sauer. Brass war nicht komplett herzlos, aber die Tatsache, dass diese beiden Scheißkerle sich gegenseitig haben konnten …

Brass hasste es, sich menschlich zu fühlen. Neidisch auf

Shamus zu sein, ließ ihn sich selbst erschießen wollen. Oder am liebsten Shamus.

Brass widerstand dem Drang, nach dem Blutknotenanhänger zu greifen, der um seinen Hals hing. Es war die einzige Verbindung, die er an diesem Ort zu Liam hatte und er musste geheim gehalten werden. Nicht viele Vampire würden die Bedeutung kennen, aber die Hexenmeister würden es definitiv wissen.

Liam war sein Gefährte, ein Löwenwandler, dessen Aufgabe es gewesen war, nach einem kleinen Konflikt zwischen dem Rudel und Mika Informationen aus ihm herauszuholen. Brass war zusammen mit einigen anderen von Mikas Lieblingsleuten dort gewesen, um einen menschlichen Spender zu holen, an den Mika sich angeschlossen hatte. Brass war peinlicherweise gefangen genommen worden, aber nicht bevor er einen der Wandler verletzt hatte.

Herauszufinden, dass der Bruder des Mannes, den er fast getötet hätte, sein Gefährte war … war interessant gewesen. Es war der Schlag ins Gesicht gewesen, der ihn dazu gebracht hatte, das Anwesen verlassen zu wollen. Aber er war immer noch da. Er hatte es geschafft, den Löwen daran zu hindern, ihn zu beanspruchen, obwohl er definitiv versucht gewesen war, sich von dem Mann an Ort und Stelle nehmen zu lassen. Brass war überrascht gewesen, dass sie einander so schnell als Gefährten erkannten. Vampire fühlten sich normalerweise nur zu jemandem hingezogen, nachdem sie das Blut des anderen gekostet hatten, um eine mögliche Verbindung zu bestätigen, und Katzenwandler waren in etwa gleich. Doch in dem Moment, als sich ihre Blicke trafen … In dem Moment, als er seinen Duft in sich aufnahm …

„Das sind Benny Jensen und Tina Sty“, verkündete Shamus, als er mit zwei neuen Vampiren zurückkehrte.

„Benny und Tina sind Jäger“, informierte Brass Daniel, als der Zauberer erwartungsvoll in seine Richtung sah. „Beide haben eine gute Bilanz, was das Aufspüren ihrer Spender betrifft.“

„Aber?“, fragte Daniel.

„Was?“ Brass runzelte die Stirn.

„Du magst sie nicht“, sagte der Hexenmeister.

Brass war etwas überrascht. Er war sich sicher, dass er keinen Ausdruck gezeigt hatte, der darauf anspielen würde.

„Mr. Tweed mag niemanden“, schnaubte Shamus. „Er ist wie ein Gargoyle mit einem Herz aus Stein.“

Brass verzog höhnisch das Gesicht, sagte aber nichts.

„Wir sind gute Arbeiter“, sagte der Mann, Benny, mit harter Stimme.

Daniel wandte sich wieder an Brass. „Aber?“

„Sie riechen“, gab Brass zu.

„Sie riechen?“ Daniel lehnte sich in seinem Stuhl zurück und schien über die Aussage nachzudenken.

„Sie sind gute Arbeiter mit einer guten Bilanz, aber sie sind schlampig und räumen nach ihren Mahlzeiten nicht auf“, erklärte Brass. „Ein Vampir zu sein, ist keine Entschuldigung, um herumzulaufen und nach getrocknetem Blut zu riechen.“

„Riechen sie?“ Daniel drehte sich um und fragte seinen Vampirgefährten.

Shamus rutschte unbehaglich herum und runzelte die Nase. „Sie riechen irgendwie. Getrocknetes Blut ist für die meisten Vampire wie saure Milch. Ich denke, manche mögen es, aber …“

Die Frau verdrehte die Augen. „Willst du ernsthaft –“

Blaue Flammen verwandelten die Worte in schmerzerfüllte Schreie, als sich die beiden Jäger entzündeten.

Brass hatte das Gefühl, dass es ein schlechter Grund war, jemanden hinzurichten, selbst nach seinen Maßstäben, aber zumindest waren sie böse. Sie waren in der Tat gute Jäger, aber da Brass' Moralvorstellungen reformiert werden mussten, damit sein neuer Gefährte glücklich sein würde, mussten Benny und Tina sterben.

Es gab nur ein Minimum an Vampiren, deren Leben oder Tod Brass kümmerte. Einer war ein kleiner Bücherwurm namens Gregory. Er war akribisch in seinen Aufzeichnungen und Notizen und schon seit vielen Jahren Brass' Assistent. Glücklicherweise war Gregory in Sicherheit, da er sowohl pflichtbewusst war als auch gut in dem, was er tat. Ein weiteres Sicherheitsmerkmal war ein gewisser Hexer, der auffallend groß war und ein besonderes Auge auf ihn geworfen hatte.

Es amüsierte Brass zu sehen, wie nervös Gregory wurde, wenn der große Mann herkam und ihn anstarrte, was es Gregory unmöglich machte, seine normalerweise unbeeindruckbare Fassung intakt zu halten.

Etwas sagte Brass, dass sein Assistent nicht viel Erfahrung hatte, wenn es um Liebe und Lust ging. Und der größere Mann war definitiv scharf auf Gregory, in einem Maß, dass es grenzwertig beunruhigend wurde. Er hätte sich Sorgen gemacht, wenn sein Assistent nicht die Vorderseite seiner Hose zurechtgerückt hätte, wann immer er dachte, dass der Zauberer nicht hinsah. Brass konnte nicht sagen, ob sie Gefährten waren oder nicht, aber er hatte das Gefühl, wenn es um diese beiden ging, spielte es keine Rolle.

In seiner eigenen andauernden Mission, sich selbst zu bessern, hatte Brass gerade erst vor ein paar Tagen einen Vampir vor den Flammen gerettet. Ein junger Vampir namens Chip, ausgerechnet. Einer der menschlichen Spender, eine Frau, war wegen ihm geblieben, und soweit Brass es beurteilen konnte, war Chip seiner Menschenfrau ergeben.

Es war nicht schwer gewesen, den Hexenmeister davon zu überzeugen, ihn zu behalten. Chip hatte ein bisschen was von einem Computer-Nerd, obwohl er in erster Linie nur als Wächter eingesetzt worden war. Brass hatte darauf hingewiesen, sobald er sah, dass Daniel ihm sozusagen Feuer unterm Hintern machen wollte und ihn dazu gebracht, seine Meinung zu ändern.

Es war so kitschig, dass Brass sich einfach hinlegen und sterben könnte. Er hatte den Vampir gerettet, damit er seine Chance auf Liebe haben konnte. Liam zu finden hatte definitiv die Verdrahtung in seinem Gehirn durcheinander gebracht.

Der Grund, warum Brass ursprünglich zu dem Ort zurückgekehrt war, war, um Beweise für den Rat zu sammeln, damit sie Mika strafrechtlich verfolgen konnten, aber unvorhergesehene Dinge waren geschehen und jetzt war Mika tot, und Christa, die seine Nachfolge übernommen hatte, war entthront worden und hatte das ganze verdammte Chaos unter neuer Leitung zurückgelassen.

Die Informationen, die Brass zusammengetragen hatte, waren dennoch relevant, aber es fühlte sich an, als hätte er eine beträchtliche Zeit verschwendet, die er besser mit seinem Gefährten verbracht hätte. Bald würde er sich ihm jedoch anschließen und wenn die Gerüchte wahr waren, musste das eher früher als später passieren.

Er hatte die Vorbereitungen bereits getroffen. Er hatte das Handy, mit dem er Liam kontaktiert hatte, sofort nach der Übernahme der Hexer entsorgt, nachdem er eine letzte Nachricht mit Zeit und Ort für seine Flucht gesendet hatte. Er glaubte nicht, dass er noch viel länger unbemerkt bleiben könnte, wenn er bleiben sollte. Daniel schien für Brass einen Platz als geschätzter Berater an seiner Seite geschaffen zu haben, aber mit der Scharfsinnigkeit des Hexenmeisters würde Brass, wenn er für beide Seiten spielte, schnell unerwünschte Aufmerksamkeit auf sich ziehen.

Zehn weitere Leute mussten *überprüft* und der Papierkram für die nächste Gruppe abgegeben werden, die am nächsten Tag beurteilt werden würden, bevor Brass sich für die Nacht zurückziehen konnte. Und dann würde er sich in sein Büro zurückziehen, wo er sein bedauerlich leichtes Gepäck verstaut hatte, und sich für immer von diesem Ort verabschieden.

Er konnte immer noch neue Anzüge kaufen, weshalb er nur einen eingepackt hatte. Aber seine Bücher, seine begehrten Erstausgaben … hatten den verbleibenden Platz in seinem Gepäck eingenommen. Der Koffer fasste seine Sammlung nicht annähernd, aber er nahm seine Lieblinge mit und betrachtete die übrigen als verloren.

„Mark … äh … wie ist dein Nachname?“ Shamus runzelte die Stirn, als er die Papiere des neuesten Ankömmlings betrachtete.

„Er hat anscheinend keinen“, ergänzte Brass, „glaubt, dass er in den großen Ligen wie Madonna und Cher ist.“

„Der Nachname ist nur eine Ablenkung von meinem wirklichen Ich“, sagte der Typ, Mark.

„Dann solltest du vielleicht deinen Vornamen in etwas verwandeln, das nicht beschissen ist“, sagte Daniel mit einem nachdenklichen Blick.

Der Typ sah beleidigt aus: „Viele großartige Leute wurden Mark genannt.“

„Sicher, aber sie haben normalerweise Nachnamen, um es aufzumotzen. Personen mit nur einem Namen haben bessere Namen. Nicht nur Mark. Ich meine, wer ist Mark? Hey, dieser Mark ist großartig, oder? Mark wer?“

Brass musste diese Unterhaltung wirklich beenden, bevor er sich mit seinem Füllfederhalter in die Augen stach. „Verbrennt ihn einfach.“

„Hey, jetzt warte mal …“ Mark hob protestierend die Hände und trat einen Schritt zurück, sichtlich beunruhig von Brass’ Einschätzung.

„Nein, ich denke, ich werde ihn für den Moment behalten“, überraschte Daniel sie. „Er ist interessant. Bring den nächsten rein“, befahl er Shamus.

„Danke, Mann.“ Mark grinste und zeigte Brass den Finger, als er zu dem zurückkehrte, was er getan hatte, bevor er zum Verhör gerufen wurde. Nicht, dass man es als ein richtiges Verhör bezeichnen könnte.

Mark war eine Drohne. Eine unauffällige noch dazu. Genaugenommen bedeutete Marks Leben oder Tod absolut nichts für das große Ganze. Nicht, dass es Brass kümmerte … nicht wirklich.

Da waren es nur noch neun …

KAPITEL 2

„Letzte Chance, Bruder. Ich denke wirklich, du solltest zurückbleiben“, versuchte Maddox es zum vierten Mal.

„Ich gehe mit“, sagte Liam trotz des Schmerzes. Es machte keinen Sinn, darüber zu diskutieren. Wenn sie Brass holen gingen, würde er dabei sein. Er hatte schon viel zu lange gewartet. Er mochte nicht in der Lage sein, zum Auto zu gehen, ohne dass sein Bruder und der Sorena ihm halfen, aber er würde aus diesem Grund keinesfalls zurückbleiben.

Es wurde von Tag zu Tag schlimmer, fast so, als würde er langsam von einem Lastwagen überfahren, gefolgt von einem zweiten, viel schwereren Lastwagen. Er hatte überall Schmerzen und seine Beweglichkeit war in den letzten Tagen drastisch zurückgegangen. Trotzdem musste Liam dabei sein, wenn sie Brass abholen fuhren.

Da zu sein war alles, was jetzt zählte.

Als sein Gefährte ihm anfangs gesagt hatte, dass er ihn nicht sofort beanspruchen könnte, und dass er zurück in die Anlage gehen musste … da war Liam verärgert gewesen, um es milde auszudrücken. Er wusste, was für einen Nutzen Brass dem Rudel sein würde, aber zuzusehen, wie er ging, hätte ihn beinahe umgebracht. Schlimmer noch, er hatte niemandem davon erzählen können. Jeder dachte nur, dass Brass dieses

Monster war, ein kaltherziger Killer. Und sie lagen nicht ganz falsch. Trotzdem war Brass mehr als das. Eine perfekte Mischung aus praktisch und leidenschaftlich. Ihn zu küssen und nicht zu beanspruchen …

Er hätte ihn beißen sollen, als er die Chance dazu gehabt hatte, aber wenn er es getan hätte, wäre Brass nicht da gewesen, um Timmy zu retten. Der kleine Halbwolf wäre höchstwahrscheinlich auf dem Gelände gestorben, bevor jemand anders in seine Nähe gekommen wäre. Casey und Zane wären auch ein größeres Risiko eingegangen, wenn Brass ihnen nicht geholfen hätte.

Alles, was Liam wollte, war Brass an seiner Seite zu haben, egal, welche Konsequenzen das hatte. Es mochte egoistisch sein, aber etwas, das jeder verpaarte oder fast verpaarte Wandler nachvollziehen könnte.

„Es ist deine Entscheidung“, sagte Maddox, „aber ich werde Jace dazu bringen, dir für die Fahrt etwas extra zu geben. Er und Link haben an einigen neuen Medikamenten gearbeitet, die theoretisch lange genug in deinem Körper bleiben sollten, um die richtige Wirkung zu erzielen. Es wird eine holprige Fahrt, und ich will nicht, dass du verletzt wirst oder dich auf die Lederausstattung des Wagens erbrichst, also ist das der einzige Weg, wie wir dich mitkommen lassen. Ich bin mir sicher, Brass wird es schätzen, wenn wir dich vor deiner Wiedervereinigung nicht erbrechen lassen. Schließlich ist er derjenige, der mit dir hinten sitzen muss.“

Liam stöhnte. Wie kam es, dass das letzte Stück Warten so viel länger und schwieriger war als der Rest?

Kurz bevor Brass gegangen war, um sich den Vampiren

anzuschließen, hatte er etwas von Liams Blut genommen. Er hatte nicht gewusst, aus welchem Grund, denn der Vampir hatte Liam schon gesagt, dass er sein Blut nicht trinken würde. Es war Casey, der ihm endlich den Zweck dieser roten Tropfen erklärte. Anscheinend hatte Brass Vampirmagie der alten Schule benutzt, um sein Blut in einer Münze zu konservieren, die er an einer dünnen Goldkette um seinen Hals gehängt hatte. Eine Möglichkeit für Vampire, ihren Verstand nicht zu verlieren, wenn sie für längere Zeit von ihren Angehörigen getrennt waren. Liam fand es beruhigend, dass sein Partner ein Stück von ihm in der Nähe hatte. Er wünschte nur, er hätte ein solches Artefakt auch für sich.

Er war verstimmt gewesen über die Tatsache, dass Brass sein Blut nicht trinken wollte, aber zumindest konnte er es für etwas nutzen. Liam hatte etliche Stunden damit verbracht, einen Weg zu finden, um sicherzustellen, dass sein Gefährte Blut zu trinken hatte, wenn er zurückkam. Es war ihm zunächst nicht eine einzige Option eingefallen, die er gemocht hätte, aber dann war Damian, ihr eigener bissiger Mitbewohner, seinem Gefährten Timothy begegnet, einem Wandlermischling. Durch diesen neuen Rudelzuwachs hatte Liam herausgefunden, dass Vampire tatsächlich von Wandlern trinken konnten, wenn sie Gefährten waren. Ein Vampir hatte Timmy ein paar Stunden vor dessen Begegnung mit Damian gebissen und das Blut ausgespuckt, als hätte er gerade ein Glas saurer Milch getrunken, während Damian gar nicht genug davon bekommen konnte. Andererseits konnte Liam nicht sicher sein, ob dieselben Regeln für ihn und Brass galten, aber er hatte ein gutes Gefühl dabei.

Das hatte Liam zumindest in der letzten Woche oder so veranlasst, vernünftig zu essen, selbst wenn der Schmerz und die Übelkeit ihn dazu zwangen, es wieder von sich zu geben. Er wollte sein Blut reichhaltig haben, damit sein Gefährte sich von ihm nähren konnte. Der bloße Gedanke daran, dass Brass seine Fangzähne in ihn versenkte, um von Liam zu trinken und ihn zu markieren, ließ Liam hart werden. Schade, dass es so weh tat.

Sie hatten geglaubt, sie wären vor der Rolligkeit sicher, da sie sich gegenseitig nicht beansprucht hatten, nichts getan hatten, was über viel zu wenig Küssen hinausging. Und tatsächlich hatte es ein paar Wochen gedauert, bis er Schmerzen verspürte, die über den mentalen Stress der Trennung hinausgingen.

Die Schmerzen ließen ihn das Gefühl haben, als würde er die Grippe bekommen und für ungefähr eine Woche dachte er auch, dass das alles war. Grippe war ungewöhnlich für einen Wandler, aber es gab ein paar Vorfälle in den Aufzeichnungen. Als er es einfach nicht mehr aushalten konnte, hatte er begonnen, sich an Jaces medizinischen Vorräten zu vergreifen.

Beim zweiten Mal, als er seine Tabletten nahm, hatte Solomon in seinem Schlafzimmer auf ihn gewartet, als er zurückkam. Er hätte wissen müssen, dass er es vor seinem Sorena nicht verbergen konnte. Solomon wusste immer alles.

Sein Anführer war dankbar für das Opfer, das sie erbracht hatten, um Informationen zu bekommen, aber er wusste auch, dass Liam dafür leiden würde und hatte ihn im Auge behalten, seit sie Brass gegen diese jungen Wandler ausgetauscht hatten.

Liam hatte es nicht gewagt, irgendjemandem von seiner Verbindung zu Brass zu erzählen, nachdem Solomon ihn gewarnt hatte, was passieren könnte, wenn die falsche Person zufällig mitbekommen würde, wie der Name über die Lippen von irgendeinem der Rudelmitglieder kam. Er hatte zugestimmt, dass je weniger Leute es wussten, desto besser. Zu viele Mitglieder hegten nach seinem Angriff auf Maddox negative Gefühle gegenüber seinem Vampirgefährten, und Liam konnte es wirklich nicht ertragen, sich dem Urteil und den missbilligenden Blicken seiner Familie zu stellen, wenn die Trennung ihn bereits innerlich auffraß.

Die Pillen hatten ihm eine Weile geholfen, aber schon bald entwickelte er eine Immunität gegen ihre Wirkung. Er hatte die Dosierung erhöht, aber es war nutzlos.

Liam wusste, dass die einzige Lösung, um sein Elend wirklich zu beenden, Brass' Anwesenheit sein würde, doch er hatte nicht das Herz gehabt, seine Rückkehr zu fordern, bevor sein Gefährte beenden konnte, was er vorhatte. In gewisser Weise war Liam dankbar für die Einmischung der Hexenmeister, da es bedeutete, dass Brass endlich nach Hause kommen würde.

Er hatte Monate auf die Rückkehr gewartet und jetzt war der Tag gekommen.

Nur noch ein paar Stunden …

****

Endlich.

Nur zwei weitere der verbliebenen Vampire waren in Flammen aufgegangen, und der Rest war größtenteils innerhalb von Minuten schnell angenommen worden.

Brass war nicht der Einzige, der froh war, dass es vorbei war. Daniel hatte Shamus über den Tisch gebeugt, bevor es Brass gelang, seine Sachen einzusammeln und den Bereich zu räumen.

Ekelhaft.

Doch Brass konnte nicht anders, als das Szenario in seinem Kopf zu wiederholen, nur mit ihm und Liam an ihrer Stelle.

Sein wiedererwachter Sexualtrieb war erfrischend. Es war buchstäblich Jahre her, seit er Interesse an sexueller Befriedigung gehabt hatte. Er hatte sich nicht einmal mehr selbst berührt. Jetzt, wo er seinen Gefährten gefunden hatte, verging selten ein Tag, an dem er sich nicht zu Gedanken an die Wiedervereinigung Lust bereitete. Leider half dies wenig, seinen Drang für eine angemessene Zeit zu lindern. Wenn überhaupt, schien es ihn nur noch mehr aufzuheizen, als er es schon war.

Brass erwartete, dass ihr Wiedersehen intensiv sein würde. Nachdem er zum Anwesen zurückgekehrt war, hatte er nur dreimal kurz mit seinem Gefährten gesprochen. Normalerweise hatte es mit einigen wichtigen Informationen zu tun, die das Rudel brauchte, oder sie brauchten aktive Hilfe innerhalb der Mauern und Brass tat, was er konnte, um zu helfen. Jedes Mal, wenn er mit Liam sprach, klang sein Löwenwandler immer schlechter.

Hoffentlich war er nicht krank. Die Rolligkeit musste von ihrem kurzen Zwischenspiel im Haus des Rudels herrühren. Er hoffte, dass Liam nicht zu krank für Intimität war. So wie er es verstand, war körperliche Nähe das Einzige, was dem Löwen helfen würde, sich besser zu fühlen.

Brass hatte nichts dagegen, die Arbeit selbst zu machen, aber er bevorzugte Kollaboration.

Wenn das, was er über Katzenwandler wusste, jedoch wahr war, nahm er an, dass Liam sich in seiner Gegenwart schnell erholen würde. Wenn die Rolligkeit voll im Gange war, würde es Tage dauern, bis Brass sich richtig ausruhen konnte. Er war nicht ganz sicher, wie er sich diesbezüglich fühlte. Nach einer sehr langen Durststrecke klang es ansprechend, aber wie viele Runden würde es dauern, bis Brass erschöpft wäre?

Er wollte nie zu müde für Liam werden.

„Unser neuer Anführer möchte wissen, ob du die Papiere für morgen fertig hast“, sagte Gregory, als er in sein Büro trat, nur dreißig Minuten, nachdem Brass angefangen hatte, sie durchzugehen.

Brass setzte sich in seinen ledernen Drehsessel. „Daniel ist früh dran heute Abend, ich glaube, das ist eine kurze Begegnung für ihn. Shamus muss eine aktive Rolle gespielt haben, wenn der Hexer bereits befriedigt ist.“

Gregory schnaubte. „Nicht wirklich. Sie waren sehr *aktiv,* als Daniel mich in sein Büro rief.“

„Wunderbar“, sagte Brass sarkastisch mit einem missbilligenden Kopfschütteln.

„Nicht wirklich“, sagte Gregory und sah dabei verlegen und leicht traumatisiert aus.

„Ich werde die Papiere in weiteren dreißig Minuten fertig haben, komm dann zurück“, sagte Brass ihm.

Gregory sah auf seine Uhr, bevor er nickte.

„Du hast noch was vor.“ Es war keine Frage.

Gregory erschrak ein wenig, „Nein. Ich meine … nichts, was nicht warten kann.“

Brass unterdrückte ein Kichern. „Du bist also nicht zu spät dran für ein magisches Rendezvous mit einem gewissen Baumstamm von Kerl, der nicht viel redet, aber jedes Mal, wenn du seinen Weg kreuzt, so aussieht, als würde er dich auf den Boden werfen und dich in die antiken Teppiche ficken wollen?“

Gregory reagierte nicht, aber sein Gesicht wurde von Sekunde zu Sekunde röter, als er es versäumte, eine passende Antwort zu geben.

„Dreißig Minuten.“ Brass grinste.

„Richtig …“

Brass sorgte dafür, dass er seine Aufgabe gewissenhaft erledigte, und wie ein Uhrwerk kam sein Assistent eine halbe Stunde später zurück, gerade als er die Papiere in ihre vorgesehene Mappe legte. Es war mehr als eine Handvoll Bewertungen für den nächsten Tag geplant. Er war froh, dass er nicht anwesend sein würde.

„Viel Spaß mit deiner Verabredung“, sagte Brass zu Gregory, als er zusah, wie sein Assistent ging. Er lächelte, als der Typ ins Stocken geriet. Brass würde ihn vermissen.

Nachdem seine Angelegenheiten in Ordnung gebracht waren, wartete er noch einige Minuten, bevor er zur Tür ging und sie abschloss. Es war nicht ungewöhnlich für ihn, sein

Büro abzuschließen, wenn alle Geschäfte erledigt waren. Er liebte es, dort zu bleiben und zu lesen, bevor er zu Bett ging, und niemand wollte ihn mitten in einer seiner Lieblingsstellen stören. Er hatte es oft bereut, kein angrenzendes Schlafzimmer zu haben; nicht, dass solche Bedenken noch zählten.

Richtig … Zeit, zur Sache zu kommen.

Brass zog seinen Tweedanzug aus und zog sich eine Hose an, bei der es ihm egal wäre, wenn er sie in dem unterirdischen Tunnel zerriss. Der Tweed hätte ihn besser geschützt, aber trotz der Qualität seines Anzugs zog er etwas vor, das ihm bei seiner Flucht eine bessere Beweglichkeit ermöglichte.

Er freute sich nicht darauf, durch den in die Erde gegrabenen und daher schmutzigen Tunnel zu kriechen, aber es war ein sicherer Weg. Nicht einmal Kerrigan hatte davon gewusst, ganz so wie Brass es gewollt hatte. Er hatte eine ansehnliche Summe ausgegeben, um die richtigen Leute dazu zu bringen, ihn auf dem Gelände und in seinem Büro zu graben und dann zu vergessen, dass er existierte.

Er wusste, dass er den Tunnel hinter sich zum Einsturz bringen musste, während er weiterging. Es würde ihn etwas aufhalten und noch schmutziger machen, aber er würde sich eben durchbeißen müssen. Wenn sie herausfanden, dass er vermisst wurde, würde die Magie der neuen *Regierung* seinen Fluchtweg offenbaren, daran zweifelte Brass nicht. Sie brauchten nicht so leicht herauszufinden, wohin der Tunnel führte.

Er vergewisserte sich, dass sein Koffer ordentlich in der Plastiktüte verstaut war, und band sie an eine Kordel, die er um seine Hüfte befestigte, so dass er nicht gegen ihn stieß, während er kroch.

Er fischte den Öffner aus seiner Schreibtischschublade. Er sah völlig unauffällig aus, genau wie jeder andere Schlüsselanhänger. Brass zielte auf die Wand hinter seinem Schreibtisch, drückte auf den Knopf und sah zu, wie sich ein Teil der Platte löste.

Es war knapp, aber Brass stieg mit seinem Gepäck in den Tunnel. Sicher drinnen drückte er den unteren Knopf am Öffner, der seine Wand an ihren ursprünglichen Platz zurückgleiten ließ. Er brauchte den Öffner nicht mehr und ließ ihn hinter dem Eingang liegen. Er wollte nichts, was ihm einen Grund geben könnte, an den Ort zurückzukehren, wo er weiter spionieren würde, und es war nicht so, als ob das Rudel ihn irgendwie benutzen könnte, wenn er den Tunnel zum Einsturz brachte. Er war mit der Verbindung fertig. Schlicht und einfach.

Brass passte kaum in das erste Stück der Tunnel, und soweit er sie gesehen hatte, wäre jedes Mitglied des Rudels, von ihren Gefährten abgesehen, zu groß für die Tunnel. Das Großmaul Jace und vielleicht auch Damian hätten möglicherweise hineingepasst, da sie ungefähr so groß wie er selbst waren, aber sich vorzustellen, dass jemand von der Größe von Liam durch diesen Tunnel kommen würde … war lächerlich.

Eine Stunde Kriechen später wurde Brass all den Schmutz, die Spinnweben und Käfer müde. Er hasste die feuchten Tunnel und er vermisste bereits sein Büro. Der Gedanke, zurückzukehren, war beinahe verlockend, aber er wusste, was der Rückweg bedeutete … der gleiche Dreck, die Spinnweben und Käfer, die er schon einmal passiert hatte … und kein Liam.

Er hatte sich noch nie so sehr nach frischer Luft gesehnt, aber da die Tunnel so muffig und eklig waren, überraschte es ihn nicht. Wenn er in seinem Leben jemals wieder einen Fluchtweg bauen sollte, würde er verdammt sicher stellen, eine angemessene Luftverteilung zu installieren.

Er kam zu der Stelle, wo sich der Tunnel in drei Teile gabelte, von denen jeder zu einem anderen Ausgang im Umkreis von einer Meile führte. Wo der Tunnel auseinanderging, gab es einen etwas größeren Raum, so dass Brass leichter an die Plastiktüte um seinen Koffer gelangen konnte. Aus der Plastiktüte nahm er eine Metallkiste mit der Bombe, die er brauchte, um den Tunnel einstürzen zu lassen, und stellte sie hinter sich ab. Er hatte dafür gesorgt, dass der Sprengstoff aus stabilem Material hergestellt wurde, damit er während seiner Flucht nicht versehentlich explodierte und mit einem Timer ausgestattet war, den er auf zweieinhalb Stunden stellte. Das sollte ihm genügend Zeit geben, um rauszukommen und hoffentlich weg von der Gegend, bevor es losging. Er konnte nicht sicher sein, wie schwer die Explosion sein würde, wenn die Bombe unterirdisch gelegt wurde, und er wollte lieber nicht in einem Loch enden, wenn das Auto von der Störung im Untergrund verschluckt würde.

In der Annahme, dass Timothy den von ihm benutzten Tunnel zerstört hatte, als Brass ihm vor ein paar Monaten beim Entkommen half, ging er geradeaus weiter. Der mittlere Tunnel endete nur etwa dreihundert Meter von der Stelle entfernt, wo der Mischling herausgekommen war. Es würde keine Schwierigkeiten geben, seine Mitfahrgelegenheit zum Rudel zu finden, solange er es an die Erdoberfläche schaffte.

Brass schnaubte. Die satirische Ironie der Tatsache, dass er knapp zwei Meter tief unter der Erde steckte, war ihm nicht entgangen. Er war nie buchstäblich begraben worden. Vampire wurden das selten, es sei denn, sie versuchten aktiv, ihre Transformation durch Vortäuschen ihres Todes zu überdecken. Aus einem Menschen einen Vampir zu machen, war ein ziemlich aufwändiger Prozess, obwohl er heutzutage viel einfacher und sicherer war als noch ein paar Jahrzehnte zuvor, dank all der schicken neuen medizinischen Ausrüstung. Da Brass als Vampir geboren wurde, war es jedoch nie nötig gewesen, seinen Tod vorzutäuschen.

Zweimal in seinem Leben hatte Brass jemanden verwandelt und dabei sowohl den alten Weg als auch die neue Art erlebt, jemanden zu verwandeln. Die neue war Damian gewesen. Brass hatte es nicht geplant. Er war vorübergehend als Rettungssanitäter zusammen mit Damian eingesetzt worden. Nicht, dass Brass besonders an Medizin interessiert war, aber er versuchte immer wieder, neue Sachen auszuprobieren. Hatte mal eine Runde bei McDonald's eingelegt … obwohl er diesen Job nach der Hälfte seiner Schicht geschmissen hatte. *Die Gerüche* … Brass würgte bei der Erinnerung.

Er hatte Damian gemocht. Er hatte ihn nicht so nervig gefunden wie andere Menschen, und als eine Nacht auf Abruf ein böses Ende genommen hatte, sein menschlicher Kollege voller tödlicher Schusswunden war … na ja, Brass wurde aktiv und Damian wiedergeboren. Damian hatte den Vampir-Lebensstil nicht angenommen, wie Brass es gehofft hatte, aber durch eine dumme Laune des Schicksals war Damian ein Mitglied von Solomons Rudel geworden.

Als der Tunnel zu Ende war, seufzte Brass erleichtert auf. *Danke Gott.*

Jetzt sollte es nur noch etwa vierzig Minuten dauern, sich an die Oberfläche zu graben, und er würde aus diesem verdammten Grab herauskommen. Nie wieder. In unterirdischen Tunneln herumzukriechen war definitiv nichts für ihn. Es war in jeder erdenklichen Weise unter ihm und sobald er wieder da war, wo er hingehörte, würde er verdammt sicherstellen, dass er dort blieb.

Jetzt war nichts mehr zu tun, außer zu graben.

KAPITEL 3

„Es kann einige leichte Nebenwirkungen geben, aber sie sollten nicht zu auffällig sein“, sagte Jace ihm, als er die leicht orangefarbene Flüssigkeit in die Spritze zog.

„*Sollten* nicht? Was zum Teufel spritzt du mir?“ Liam war etwas besorgt angesichts des neuen Interesses des Docs, seine eigenen Kreationen zu brauen. Hoffentlich hielt er sich nicht an Links alte Rezepte für diese verdammten Drogen, die er für die Vampire gemacht hatte, damit die high werden konnten.

„Entspann dich, es ist größtenteils nur eine Mischung aus Morphium und einigen anderen Schmerzmitteln und nur ein paar anderen Dingen.“ Jace lächelte ihn ermutigend an.

Lustig, wie das gar nichts dazu beitrug, dass er sich besser fühlte.

„Von was für *anderen Dingen* reden wir hier?“ Liam knurrte ein wenig. Im Moment wusste er nicht genau, ob er dem Schneeleoparden traute.

„Link und ich haben diesen Cocktail zusammengemischt, mit großem Erfolg … wahrscheinlich. Sei jetzt nicht so ein Baby und reiß dich zusammen, Schnuckelchen.“ Jace verdrehte die Augen und sterilisierte eine Stelle auf seinem Oberarm mit einem alkoholgetränkten

Wattebausch.

„Wenn das meine Haare oder mein Fell ausfallen lässt, werde ich mich verwandeln und deinen Gefährten fressen." Liam zuckte zusammen, als die Nadel in seine Haut sank.

„Du Baby", spottete Jace.

„Fick dich", grummelte Liam. Er mochte keine Nadeln.

„Oh, das werde ich, sobald Link zurück ist."

„Arschloch", stöhnte Liam, als er anfing, sich ein bisschen schummerig zu fühlen.

„Komm schon, jetzt neckst du mich nur", kicherte Jace. „Gib mir noch einen."

„Liam?", fragte Jace nach ein paar Sekunden ohne eine bissige Antwort. „Aufwachen …", versuchte Jace es erneut und stieß Liam ohne Erfolg in die Brust. „Mist. Wir haben vielleicht etwas zu viel Ketamin reingemischt. Ich sollte Link besser warnen, bevor Liam aufwacht."

Verdammt richtig, du mieser Hurensohn!, schrie Liam in seinem lahmgelegten Körper.

Er konnte sich nicht bewegen und er fühlte sich schläfrig. Wie sollte er so seinen Gefährten holen?

Scheiße! So würde er nicht einmal in der Lage sein, Brass in den Armen zu halten. Er würde Jace das heimzahlen. Und seinem kleinen Gefährten auch.

* * * *

Brass war froh, dass er nicht so viel atmen musste wie

Menschen. Die Erde auf seinem Gesicht hätte ihn dazu gebracht, Dreck zu fressen, wenn er versucht hätte, Sauerstoff zu bekommen. Dieser Teil war noch schlimmer als der Käfer- und Spinnwebenabschnitt der Tunnel. Er mochte auch nicht gerade, dass er während seiner Grabung auf Regenwürmer traf. Offen gesagt, es war ekelhaft.

Als er spürte, wie seine Finger die Oberfläche durchbrachen, verstärkte Brass seine Bemühungen, sich in die Freiheit zu graben. Kurz darauf schaffte er es, den Boden oben gut zu packen zu bekommen und konnte sich aus dem Loch herauszuziehen. Er hustete, als sein Verlangen nach frischer Luft ihn einatmen ließ, bevor er den Dreck weggewischt hatte.

Während er den Staub aus seiner Kehle spuckte, sah er, dass seine Mitfahrgelegenheit noch nicht angekommen war.

Auch gut. Es gab einen kleinen Bach in der Nähe und es würde ihm die Möglichkeit geben, sich etwas sauberzumachen, bevor sie zu ihm kamen. Angenommen, sie würden das tatsächlich tun.

Er wusste, dass Liam ihn nie zurücklassen würde, aber die anderen hatten vielleicht eine andere Meinung über seine Ankunft. Wenn Liam krank genug war … Nein.

Das Rudel würde nicht einen der ihren leiden lassen, und sie alle wussten, dass Brass der Einzige war, der den Löwen heilen konnte. Er hoffte, dass es Liam gut ging. Brass wollte ihn jetzt so dringend sehen. Er hatte seine Gefühle zurückgehalten, für den Fall, dass etwas seine Ausstiegsstrategie zunichtemachte, aber jetzt … wurde er ungeduldig, aber auf eine gute Weise. Dennoch wollte er nicht, dass sein Gefährte ihn mit Schmutz und Regenwürmern übersät sah.

Brass schaffte es, den Dreck von seinem Gesicht und größtenteils aus seinen Haaren zu waschen. Er erwog, hineinzuspringen, um den Rest des Schmutzes abzuwaschen und seinen Anzug anzuziehen, aber so verlockend das eisige Wasser auch war, hätte er keine Zeit dafür gehabt, da er die Scheinwerfer eines entgegenkommenden Fahrzeugs auf sich zukommen sah.

Für eine Sekunde fragte sich Brass, ob er sich verstecken sollte. Schließlich konnte er nicht sicher sein, dass sein mysteriöses Verschwinden nicht bereits entdeckt worden war.

Es lag keine Magie in der Luft, so weit er es erkennen konnte und als das Auto sich näherte, konnte er den Geruch von Raubkatzen riechen.

Der Fahrer entdeckte ihn und blieb neben ihm stehen. Er erkannte den Mann als Solomon Jorgens und für eine Sekunde fühlte er sein Herz hüpfen, als er den Mann neben ihm sitzen sah. Aber es war nicht Liam. Er sah nur sehr ähnlich aus wie er.

„Jorgens", grüßte Brass den Sorena des Rudels mit einem höflichen Nicken.

„Brass", antwortete Solomon. „Liam wollte hier sein, aber es gab eine unvorhergesehene Fehlkalkulation und es war keine Option, ihn mitzubringen."

Brass zog die Augenbrauen in Verdacht, „Was für eine Fehlkalkulation?"

„Wir haben ihn unter Drogen gesetzt. Er leidet ziemlich viel und wir wollten ihm etwas geben, damit ihm im Auto nicht schlecht wird. Jace und Link –"

„Link? Hast du meinem Gefährten etwas gegeben, das von einem verdammten Drogenhändler zubereitet wurde?“ Brass verzog das Gesicht und grub seine Fingernägel in seine Hände, während er sie zu Fäusten ballte. Er hatte mehrere der Nebenwirkungen gesehen, die von den Drogen verursacht wurden, die Link für Mika auf dem Gelände hergestellt hatte. Keine von ihnen war hübsch. Sie wurden zu Junkies und viele Blutspender waren wegen Vampiren gestorben, die ihre Mahlzeiten vor dem Festmahl mit Drogen vollpumpen wollten.

Brass hatte das Zeug nie angerührt.

Wenn Liam …

„Er ist vorübergehend bewusstlos, aber es sollte in ein paar Stunden nachlassen. Ich würde Liam niemals in Gefahr bringen, indem ich erlaube, dass er etwas injiziert bekommt, das ihm Schaden zufügen würde“, versicherte Solomon ihm.

Brass war immer noch unzufrieden mit Links Einmischung in Liams medizinischer Versorgung, aber er dachte nicht, dass Solomon Link erlauben würde, seine speziellen Mischungen zu brauen, nachdem er sich mit jemandem aus dem Rudel verpaart hatte.

„Können wir jetzt gehen?“, fragte Brass. Er wollte seinen Gefährten lieber früher als später sehen.

„In einem Moment“, sagte Solomon und warf ihm etwas zu. „Bitte zieh zuerst das hier an.“

Das T-Shirt und die Hose waren nicht sein Stil, aber sie waren besser als die Kleidung, die er jetzt trug, und er hatte keine Lust, seinen Anzug anzuziehen, bis er richtig geduscht hatte.

Er zog sich um und warf seinen Koffer in den Kofferraum, bevor er auf den Rücksitz stieg. Er legte seinen Sicherheitsgurt an und hielt dann inne.

„Maddox?“, fragte er.

„Ja?“

„Entschuldigung, dass ich dich fast getötet hätte und versuchte, deinen Gefährten zu töten.“ Brass fand, dass es eine kleine Geste war, aber er war wirklich froh, dass er den Bruder seines Gefährten nicht getötet hatte. Irgendwie dachte er, dass das eine leichte Spannung in seiner Beziehung mit Liam verursacht haben könnte.

„Oh … nun ja …“ Maddox klang überrascht.

„Ich hatte das Gefühl, es sollte gesagt werden. Ist nicht so, als wäre es persönlich gewesen“, spielte Brass es herunter.

„Richtig …“

Ein Handy klingelte und Brass wurde aufmerksam, in der Hoffnung, dass Liam anrief und ein Update verlangte.

Seine eigenen Telefonate mit seinem Gefährten waren nicht gerade sehr romantisch gewesen. Sie hatten sich kurz fassen müssen, um das Risiko der Entdeckung zu begrenzen. Darüber hinaus war es deprimierend und schmerzhaft gewesen, miteinander zu sprechen, wenn sie nicht wussten, wann sie sich wiedersehen konnten.

Doch Jorgens überprüfte das Display und ließ es klingeln, ohne den Anruf anzunehmen.

„Jemand hat dich wohl verärgert, Sol?“, fragte Maddox.

Der Sorena schnaubte: „So etwas in der Art. In jedem Fall ist der Anruf es nicht wert, angenommen zu werden.“

Brass runzelte die Stirn. Er hätte sich nie vorstellen

können, dass Jorgens der Typ war, der vor Konfrontationen zurückschreckte. Persönlicher Art oder nicht.

Interessant.

Aber nicht so interessant wie Liam.

„Ich würde gerne duschen, bevor ich ihn sehe", sagte Brass mehr, als dass er die Katzen darum bat.

„Wenn Liam das Bewusstsein wiedergewonnen hat, kannst du die Dusche bei mir benutzen, wenn nicht, dann ist ein Bad mit Dusche in seinem Zimmer", sagte Solomon zu ihm, „aber versuche, keine Sauerei zu machen, falls du meine Dusche benutzt. Das wäre Liams Aufgabe und du kannst sicher sein, dass er sie erledigt, sobald er wieder Kontrolle über seinen Körper hat."

Brass spürte, wie seine Ohren warm wurden. Ihm gefielen die Kommentare seines neuen *Vermieters* nicht sonderlich. Hoffentlich würde er sich an diese Art von Interaktion gewöhnen. Irgendwie kam er zu dem Schluss, dass er im Herrenhaus des Rudels ein gesellschaftliches Leben führen musste. Er unterdrückte einen Seufzer. Böse Jungs waren Einzelgängern gegenüber viel entgegenkommender als die Guten.

Brass war nicht gerade dazu geschaffen worden, freundschaftlich mit Leuten zu sein. Er hatte seine Fähigkeiten, wenn es um soziale Ereignisse ging, aber nur die grundlegenden als Vertreter der Familie, nicht so sehr die alltägliche wir-sind-alle-Freunde-Scharade. Lieber Gott, er hoffte, dass es keine wirklichen Scharaden geben würde.

Liam würde alle Hände voll zu tun haben, Brass vor dem Durchdrehen zu bewahren.

Vielleicht könnten sie in eine eigene Unterkunft ziehen, wenn ihm die Sache zu viel werden sollte. Nicht unbedingt weg vom Gelände des Rudels, das sehr weit reichte, wie er erkennen konnte, als sie an einem ersten Tor und dann einige Zeit später an einem zweiten Tor vorbeifuhren. Außerdem war es nicht so, dass ihm die Mittel für ein solches Projekt fehlten.

Er würde ihnen etwas Zeit geben, um zu sehen, ob er sich an das Rudel anpassen konnte. Wenn nicht, dann wäre die Möglichkeit, ein eigenes Haus zu bauen, definitiv erwähnenswert seinem Gefährten gegenüber.

Brass gefiel die Vorstellung, dass sie eine eigene Unterkunft haben würden.

Vielleicht würde er es auf jeden Fall erwähnen.

„Oh nein“, seufzte Maddox vom Vordersitz, als sie die Auffahrt zum Herrenhaus hinauffuhren und Brass blickte auf, um zu sehen, was die Reaktion ausgelöst hatte.

Brass verzichtete darauf, die Augen zu verdrehen, als er sah, wie Leo dort auf den Steinstufen zum Herrenhaus wartete, das fast so aussah, als wäre es von demselben Mann entworfen worden, der das Weiße Haus entworfen hatte, nur in kleinerem Maßstab. Leo sah nicht besonders glücklich aus, obwohl er ein bisschen gesünder aussah als das letzte Mal, als Brass ihn gesehen hatte. Weniger knochig und nicht so blass.

„Du hast ihm doch von mir erzählt, oder?“, fragte Brass den Zwilling seines Gefährten. Sicher hatte der Löwenwandler nicht *vergessen,* Leo von seiner Ankunft zu erzählen.

„Natürlich habe ich das getan“, sagte Maddox und stieg zuerst aus, als Solomon den Wagen geparkt hatte und blieb dann etwa fünf Meter vor dem verärgert aussehenden Leo stehen.

„Das ist nie schön.“ Solomon schüttelte den Kopf und sah fast zögerlich aus, als er das Auto verließ.

Bei den Worten des Sorenas verdrehte Brass seine Augen. Leo hatte jedes Recht, sauer auf ihn zu sein, und Brass würde es tolerieren, dass der ehemalige Blutsklave ihn beschimpfte, weil sie jetzt praktisch zu einer Familie gehörten. Schließlich hatten beide ihre Partner in den Löwenzwillingen gefunden.

Brass konnte sich ein kleines Lächeln nicht verkneifen. Er hielt sich für völlig anders als Leo, doch es schien, als hätten sie vieles gemeinsam.

Er zögerte nicht, als er das Auto verließ und prompt hinüberging, um vor Leo zu treten. Maddox stand neben ihnen und Brass konnte leicht die Spannung spüren, die er in sich trug, unsicher, wie sein Gefährte reagieren würde.

Leos Augen waren dunkler, als er sich erinnern konnte, aber das war möglicherweise auf die wütenden Schwingungen zurückzuführen, die Brass von dem jungen Menschen empfing. Wut gemischt mit Angst. Brass konnte sehen, dass Leo versuchte, das Zittern in seinem Körper zu verbergen.

„Glaubst du, ich werde dir weh tun?“, fragte Brass laut. Es war klug, ihn zu fürchten, aber völlig unnötig.

Leo biss die Zähne zusammen, bevor er tief einatmete. „Nein. Ich glaube nicht, dass du mich verletzen wirst.“

„Du kannst mich schlagen, wenn du willst“, bot Brass an.

Leos Augen weiteten sich. „Was?“

„Ich habe deinen Gefährten mit einem Messer

angegriffen und ihn mit einem Brecheisen ausgeknockt, um dich zu erwischen. Ich wäre überrascht, wenn du nicht willst, dass ich tot bin", sagte Brass ihm ehrlich.

„Das ist es nicht", schnaubte Leo und verschränkte unbeholfen die Arme.

„Ach nein?" Brass runzelte die Stirn.

„Ich bin …" Leo sah aus, als wollte er nicht sprechen, während er nach den richtigen Worten suchte. „Das, was … Ich versuche dir zu sagen, dass ich dankbar bin, dass du meinen Freunden geholfen hast."

Leo sah fast krank aus, weil er sich bedankt hatte, aber Maddox legte seine Hand auf Leos unteren Rücken, was ihn erheblich zu beruhigen schien.

Brass konnte sich kaum vorstellen, wie schwer das zu sagen war, angesichts der körperlichen Schäden, die er seinem Gefährten zugefügt hatte.

„Ich habe es nicht für dich getan", sagte Brass ihm.

Wieder sah Leo sauer aus und auch Maddox warf ihm einen bedrohlichen Blick zu.

„Ich habe es für Liam getan, weil er mich darum gebeten hat", informierte Brass sie. „Weil ich wusste, wenn ich es nicht tun würde, würde ich ihn enttäuschen. Ich war vielleicht nie einverstanden damit, wie meine ehemaligen Kollegen mit den Bewohnern des Geländes umgingen, aber ich half deinen Freunden aus rein egoistischen Gründen."

Leo schüttelte den Kopf. „Du bist irgendwie verdreht, weißt du das?"

Brass runzelte die Stirn, „Was meinst du damit?"

„Du hast eine Menge Scheiße gemacht", sagte Leo.

„Selbst wenn nur ein Bruchteil der Gerüchte über dich wahr sind, dann hast du eine Menge wiedergutzumachen. Aber ich weiß, dass du mehr bist als nur diese Dinge."

„Das liegt hauptsächlich daran, dass ich meinen Gefährten gefunden habe", erklärte Brass. „Ich war niemals wirklich böse, aber ich habe mich auch nie wirklich für etwas interessiert, doch jetzt, wo ich Liam habe –"

„Du lügst", warf Leo ihm vor.

Brass wurde die Konversation schnell müde. „Du willst mir also sagen, dass du mich besser kennst als ich?"

„Wenn du dich vor Liam nie für etwas interessiert hast, dann erkläre Damian", forderte Leo ihn heraus.

„Das war anders", sagte Brass. „Ich habe ihn zu einem Vampir gemacht, was eine Verbindung zwischen Leuten schafft."

„Du hättest ihn einfach sterben lassen können", erinnerte Leo ihn. „Niemand hat dich gezwungen, ihn zu verwandeln."

Brass wusste nicht, wie er darauf reagieren sollte. Offensichtlich hatte er die Entscheidung getroffen, Damian zu retten, aber das bedeutete nicht, dass Brass ein weiches Herz hatte.

„Ich habe seine Gesellschaft genossen und sein Tod wäre eine Verschwendung gewesen", erklärte Brass nach besten Kräften. „Es war richtig, es zu tun, nicht weil ich ein verborgenes Herz aus Gold habe, sondern weil ich meine eigenen Vorstellungen von richtig und falsch habe."

Leo sah besiegt aus, aber das bedeutete nicht, dass er aufhörte. „Ich denke immer noch, dass du gebrochen bist. Du bist vielleicht kein Held, aber es ist an der Zeit, dass du aufhörst, dich selbst als Bösewicht zu sehen. Wenn du es nicht tust, kann ich mir nicht vorstellen, dass deine Beziehung mit Liam funktionieren wird.“

Brass versuchte, sich nicht von den Worten beeindrucken zu lassen, aber Leo hatte einen Nerv getroffen. Brass würde versuchen, ein angemessenes Leben zu führen, aber er konnte den Schaden, den er in der Vergangenheit angerichtet hatte, nicht ungeschehen machen. Genaugenommen war er ein Bösewicht.

Hoffentlich konnte sein Gefährte lernen, damit zu leben.

KAPITEL 4

Liam stöhnte. Sein Kopf begann sich zu klären, aber sein Körper kämpfte immer noch mit den Drogen, die ihn niedergestreckt hatten. Er fühlte sich taub und musste jeden Teil seines Körpers einzeln nacheinander bewegen, um wieder die volle Kontrolle zu erlangen, ohne das Gefühl zu haben, als wäre sein ganzer Körper in einem Teppich zusammengerollt.

Er schaffte es, sich aufzusetzen, und es dauerte einen Moment, bis er das Geräusch aus seinem Badezimmer registrierte.

Fließendes Wasser …

Er war sicher, dass er es nicht laufen gelassen hatte. Er hatte wochenlang nicht einmal in seinem eigenen Zimmer geschlafen, sondern stattdessen ein Bett in der Krankenstation benutzt, damit Jace ihn im Auge behalten konnte.

Für einen Bruchteil einer Sekunde ging sein Verstand in den Angriffsmodus und seine Nägel verlängerten sich in messerscharfe Krallen.

Aber aus irgendeinem Grund wollte er nicht angreifen … obwohl seine Krallen ausgestreckt waren, hielt ihn etwas zurück.

Brass?

Liams Herzschlag beschleunigte sich. Er hatte so lange

gewartet und jetzt juckten seine Zähne, als das Bedürfnis, seinen Partner zu markieren, unerträglich wurde. Jetzt konnte ihn nichts mehr aufhalten; keine letzten Aufgaben, die in Ordnung gebracht werden mussten, keine Ausreden …

Liam war noch immer schwach auf den Beinen, als er vom Bett aufstand, aber das Versprechen, dass sein Gefährte auf der anderen Seite der Tür war, ließ ihn mit entschlossenen Schritten die Distanz überqueren. An der Tür blieb er für eine Sekunde stehen, hegte einen kleinen Zweifel daran, dass es doch nicht Brass dort drinnen sein könnte.

Er atmete tief ein und ein grollendes Geräusch erfüllte den Raum. Er kannte diesen Duft.

Als er die Tür öffnete, sah Liam den wunderschönen Anblick seines Gefährten. Brass war atemberaubend, als ihm Wasser über den Kopf strömte, seinen Rücken hinunter und über den perfektesten Hintern, den Liam je gesehen hatte. Er hätte es nie vermutet, so wie sich sein Gefährte kleidete, aber es schien, als wäre sein Gefährte ziemlich gut ausgestattet und Liam spürte ein wildes Grinsen auf seinem Gesicht.

Mein.

Er ignorierte die Tatsache, dass er immer noch angezogen war, trat hinter ihm in die Dusche und zog Brass zu sich heran. Sein Gefährte spannte sich nur kurz an, bevor er sich an seinen Körper lehnte.

„Ich brauche dich“, knurrte Liam.

Alles, was sich in ihm angesammelt hatte, erhob sich an die Oberfläche. Sein Körper war hart und schmerzhaft, aber es war anders als zuvor, denn jetzt wusste er, dass er endlich seinen Preis bekommen würde. Er musste nicht länger auf seinen Gefährten warten. Er war dort. Brass war da.

Endlich.

„Du kannst mich haben“, sagte Brass ihm und das war alles, was Liam brauchte.

Er benahm sich wie ein Höhlenmensch, drehte seinen Gefährten grob in seinen Armen herum und drückte ihn gegen die Wand. Das Wasser strömte immer noch auf die beiden herab, aber Liam war es egal.

Er machte sich über Brass’ Mund her und küsste ihn verzweifelt, während er sich an den Körper seines Gefährten schmiegte. Brass war pure Perfektion … und er war nackt.

Er zog sich so weit zurück, wie er es wagte, ohne ihren Kuss zu unterbrechen, dann ließ Liam seine Krallen hervortreten und riss an seinem Hemd, warf den zerfetzten Stoff schließlich weg. Brass schien begierig zu helfen und schob Liams Hose und Boxershorts in einer schnellen Bewegung nach unten, eine beachtliche Leistung, wenn man bedachte, dass das Wasser den Stoff an seinem Körper festgeklebt hatte.

Liams Erektion sprang hervor und schlug gegen seinen Bauch. Liam gab erneut ein grummelndes Geräusch von sich und bemühte sich sehr, sein Tier nicht loszulassen. Er wollte in seine Triferus-Gestalt wechseln, aber Brass war dazu nicht bereit und Liam würde es nicht riskieren, ihn zu verletzen.

Das bedeutete aber nicht, dass Liam sich weniger wild verhalten würde. Er kratzte leicht an der Haut seines Gefährten, zog seine krallenbewehrten Finger leicht über dessen Seite und Brust, was seinen Vampirgefährten vor Lust zischen ließ.

Liam legte seine Hand auf die kleine Goldmünze, die an Brass' Hals hing. Der Blutknoten. Er fühlte sich warm an, wärmer als das Wasser, das sie traf. Es sah aus, als hätte er einen Rubin in der Mitte, aber Liam erkannte, dass es eine kleine Kammer wie eine Träne war, die sein Blut enthielt. Sein Gefährte hatte dies seit dem letzten Besuch bei sich behalten. Ein Teil von Liam ruhte fast direkt auf Brass' Herz.

Liam konnte fühlen, wie sich seine Augen mit Tränen füllten und war froh über die Tarnung, die die Dusche bot. Er musste mit seinem Gefährten zusammen sein, er konnte es nicht länger ertragen. Weder physisch noch mental. Liam schob seine Erektion gegen seinen Gefährten und ließ die Wölbungen von Brass' subtilem Sixpack nur ein klein wenig sein Verlangen lindern … die Erleichterung hielt jedoch nicht lange an, da Liam fühlte, wie Brass' Erektion an seiner rieb. Er brauchte mehr. Viel mehr.

Es wäre kaum genug, um ihn zu sättigen, aber Liam stieß hart gegen seinen Gefährten und eroberte dessen Mund mit seiner Zunge, bevor er auf Brass' Bauch abspritzte. Er markierte ihn mit seinem Samen, auch wenn der einen Augenblick später weggespült wurde.

„Erzähl mir nicht, dass du fer –" Brass hatte ihren Kuss beendet, aber nicht die Zeit, seinen Satz zu beenden, bevor Liam wieder seinen Mund eroberte und eine Hand auf den Hintern seines Gefährten legte. Er drückte Brass' Pobacke und schnurrte.

Natürlich war er nicht fertig. Verdammt, er hatte nicht einmal angefangen. Brass standen eine sehr lange Nacht und ein langer Tag bevor, dann noch eine Nacht … und noch ein

Tag und so weiter. Sein Vampirgefährte würde bald herausfinden, worum es bei der Rolligkeit eines Katzenwandlers wirklich ging.

Er bewegte seine Hand, ließ seinen Finger über den Eingang seines Partners wandern und fand eine angenehme Überraschung vor. Sein Gefährte war schon ein wenig gedehnt und er konnte leicht einen seiner Finger hineinschieben. Brass war ein ungezogener Junge gewesen und hatte mit sich selbst gespielt, ohne dass Liam zugucken konnte.

„Du spielst also gerne mit dir selbst, hm?“, fragte Liam, als sie den Kuss beendeten, um etwas dringend benötigten Sauerstoff zu bekommen, nicht, dass Brass den nötig hatte.

„Nun, nach dem, was ich gehört habe, solltest du offenbar nicht zum Vorspiel bereit sein“, neckte Brass.

„Oh wirklich?“ Liam knurrte, stieß einen weiteren Finger hinein und pumpte fortwährend seine Finger im Körper seines Gefährten vor und zurück.

„Ich bin vielleicht falsch informiert worden“, stöhnte Brass und zitterte leicht in seinen Armen.

„Ich brauche dich“, keuchte Liam. Er wollte stundenlang mit seinem Gefährten spielen, konnte aber nicht mehr lange darauf warten, in die Tiefe seines Partners zu sinken.

„Ich habe dir schon gesagt, du kannst mich haben“, sagte Brass und schob sich zurück auf Liams Finger.

Brass gab einen überraschten Laut von sich, als Liam ihn in die Luft hob und Brass’ Beine um seine Taille wickelte.

„Dann werde ich dich nehmen“, schnurrte Liam und biss sachte in die Haut zwischen Brass’ Schulter und Nacken, ehe er an der Stelle saugte.

Liam hatte seine Finger entfernt und stupste nun mit seinem pulsierenden Schwanz gegen die Rosette seines Gefährten. Er war nach seinem ersten Erguss überhaupt nicht erschlafft und würde das auch wahrscheinlich für einige Zeit nicht.

Er drückte gegen seinen Gefährten, hielt aber inne, um nach dem Duschgel zu greifen. Brass würde keine Ruhe bekommen, bis Liams Tier gesättigt war und um die Wahrheit zu sagen, Brass würde auch *mit* dem Gel wund genug sein.

„Du lässt dir ganz schön Zeit", beschwerte sich Brass. Sein Gesicht war vor Verlangen gerötet.

Liam gluckste, als er seinen Schwanz mit Gel bedeckte. „Keine Sorge, mein Schatz. Das wird nicht länger ein Problem sein."

Kaum hatte er die Worte gesagt und die Flasche mit dem Duschgel fallen gelassen, da stieß er schon in seinen Gefährten.

„Fuck!", stöhnte Brass und klammerte sich an Liams Rücken. „Mach weiter."

Liam war verloren. Sein Körper brannte von innen heraus und er war endlich bei seinem Gefährten, konnte endlich beanspruchen, was rechtmäßig ihm gehörte, und in rasender Geschwindigkeit tief in Brass eintauchen. Er hatte Angst, er wäre zu grob, aber Brass schien das nicht zu stören, seinen Lauten nach zu urteilen. Gut.

Es erschreckte ihn ein wenig zu denken, dass, selbst wenn sein Gefährte sich unwohl gefühlt hätte, er vielleicht nicht in der Lage gewesen wäre, langsamer zu machen. Die

Rolligkeit hatte ihn überwältigt und er konnte sich nicht beherrschen. Er musste weitermachen. Er musste es einfach tun.

„Scheiße, ich werde … ich hätte nicht gedacht, dass ich so kommen würde …“ Brass’ Warnung war umsonst.

In dem Moment, in dem er spürte, wie sich Brass vor dem Höhepunkt versteifte, packte Liam den Schwanz seines Gefährten und drückte ihn fest, so dass er den Höhepunkt nicht erreichte.

„Liam!“, knurrte Brass.

Ein missbilligender Blick traf ihn, aber Liam begegnete ihm mit einem seiner eigenen Blicke. „Noch nicht. Ich möchte, dass wir zusammenkommen.“

„Arschloch. Das erste Mal hast du nicht so lange gebraucht“, grollte Brass.

Liam gluckste. „Das war ja der Sinn der Sache.“

Er beschleunigte seine Stöße und bedeckte Brass’ Oberkörper und Hals mit Küssen, hinterließ noch mehr Spuren. Liam spürte, wie sich sein Körper darauf vorbereitete, sich in seinen Gefährten zu ergießen. Seine Zähne verwandelten sich in Katzenzähne und er wusste, sobald er zubiss, würde er kommen.

Es war Zeit, seinem Gefährten Gnade zu gewähren.

Er biss in Brass’ Hals und versenkte seine Reißzähne, während er seinen Griff um den pulsierenden Schwanz seines Gefährten lockerte und zusammen taumelten sie über die Kante.

Liam brüllte in Brass’ Fleisch, als sein Anspruch sich verfestigte und er hörte, wie Brass einen ähnlichen Schrei ausstieß, als er seine Nägel in Liams Rücken grub. Zu fühlen, wie die Ströme von heißem Sperma seinen Bauch trafen, begeisterte Liam, zu wissen, dass sein Gefährte ihn mit seinem Duft bedeckte, während Liam ihn von innen füllte.

Er fühlte sich stärker als seit Monaten und hatte keine Probleme mehr, seinen erschöpften Gefährten aus der Dusche zu tragen, der nun schwer atmete, während er seinen Kopf auf Liams Schulter ruhen ließ.

„Bist du in Ordnung?“, fragte Liam, als er abwesend die Dusche abstellte und seinen Gefährten auf die Ablage neben dem Waschbecken setzte, wobei er ihn immer noch dicht an sich hielt, immer noch tief in Brass’ Körper steckte. Er nahm das erste frische Handtuch, das er erreichen konnte, wickelte es um seinen Gefährten und trocknete ihn ab.

Brass lachte und es ließ Liams Herz schwellen. Er liebte diesen Klang.

„Ja, ich würde sagen, es geht mir ziemlich *gut*“, gluckste Brass und hob seinen Kopf, um Liam einen sanften Kuss auf die Lippen zu geben, viel unschuldiger und zärtlicher als der verschlingende vorhin. „Jetzt komm schon, lass mich runter“, sagte Brass, als er versuchte, von der Ablage herunterzukommen.

Liam geriet in Panik. Ein Teil von ihm hatte Angst, dass, wenn er den intimen Kontakt mit seinem Gefährten für nur eine Sekunde verlor, es sich als nichts weiter als der Traum eines verzweifelten Mannes erweisen würde.

Brass wurde schnell wieder in Liams Arme gehoben und gegen die Wand gedrückt, diesmal außerhalb der Dusche.

„Nicht …“, murmelte Liam, als er die Schenkel seines

Partners streichelte und sie wieder um seine Taille legte. Er fing wieder an, in Brass zu stoßen. Er war immer noch erregt und schmerzhaft hart, aber dies war mehr, um sich zu beruhigen, um sicherzustellen, dass er noch immer seinen Gefährten bei sich hatte. Dass es real war und kein Traum.

„Liam, ich muss mich richtig abtrocknen“, stöhnte Brass, als Liam gegen seine immer noch empfindliche Prostata stupste.

Liam wusste, dass er sich zurückziehen sollte, um seinen Gefährten sich abtrocknen zu lassen, aber er wollte das gemütliche Stück Himmel, das seinen Schwanz umgab, nicht verlassen. Er wollte Brass’ Hals nicht loslassen, als er über das Paarungszeichen leckte, um es sauber zu bekommen und ihm beim Heilen zu helfen. Er wollte Brass nicht verlassen.

„Liam …“ Brass’ Protest war schwach. Er hatte begonnen, Liams Bewegungen zu folgen, und Liam konnte fühlen, wie das wiedererwachte Glied seines Gefährten gegen seinen Bauch zuckte.

Diesmal machte Liam Liebe mit Brass. Legte viel mehr Aufmerksamkeit auf seine Bewegungen und seine Liebkosungen von Brass’ Haut. Fand Trost darin, seinen Gefährten zu spüren. Irgendwann während ihres Liebesspiels fiel das Handtuch zu Boden und gewährte Liam besseren Zugang zu Brass’ Haut.

Als Liam erkannte, wie sehr er von seiner Zwangstrennung mit Brass betroffen war, wusste er, dass es ihm schwerfallen würde, seinen Gefährten aus den Augen zu lassen. Hoffentlich wäre das kein Problem. Er wollte, dass Brass ihn liebte, ihn brauchte. Nicht, dass er ihn verabscheute, weil er ihm nicht genug Platz gab, wenn er es brauchte.

Dieses Mal, als sich Brass vor dem Orgasmus anspannte, tat Liam nichts, um es aufzuhalten. Mit seinem Gefährten, der rhythmisch um seinen Schwanz zuckte, während mehrere Tropfen frisches Sperma aus der Spitze von Brass' Ständer entkamen, kam Liam nur Momente später.

Mit großer Anstrengung ließ Liam Brass seine Beine senken und glitt aus ihm heraus. Sie standen ein paar Minuten dicht beieinander und küssten sich, eine Zunge glitt über die andere. Es war perfekt, bis Brass vor Kälte leicht zitterte. Liam wich zurück und sah zu, wie sein Gefährte ein nasses Tuch nahm, um die verbliebenen Beweise ihrer Verbindung abzuwaschen, bevor er sich abtrocknete.

Liams Löwe war verärgert, dass ihr Gefährte ihre vermischten Säfte weggewaschen hatte, aber Liam wusste, es würde nur wenige Minuten dauern, bis er seinen Gefährten wieder richtig markiert hatte, von innen und außen.

Um seines Gefährten willen, trocknete sich Liam ebenfalls ab. Ihm war vielleicht nicht kalt, aber sein Gefährte hatte auch nicht die Rolligkeit, die ihn warmhielt. Nicht einmal einen Pelz. Sobald sie trocken waren, nahm Liam Brass' Hand und führte ihn zurück ins Schlafzimmer, wo er ihn auf das Bett drückte.

„Schon wieder?", fragte Brass mit erhobener Augenbraue.

Liam kroch über den Körper seines Gefährten. „Ich hoffe, du wirst mich danach nicht mehr hassen." Er knabberte an einem der Nippel seines Gefährten und spürte, wie Brass' Körper zuckte.

„Warum sollte ich?“, stöhnte Brass.

Liam spürte, wie der Schwanz seines Partners ein wenig zuckte, aber er schien sich nicht zu füllen. Jedenfalls noch nicht. Armer erschöpfter Gefährte.

„Weil ich dich wegen meiner Rolligkeit nicht ausruhen lassen werde. Weil ich nicht in der Lage sein werde, meine Hände von dir zu lassen, auch wenn du erschöpft bist.“ Liam massierte Brass’ Eier und Brass wimmerte, da er bereits gekommen war.

„Habe ich dir das nicht schon gesagt?“, fragte Brass ihn und Liam traf seine schönen braunen Augen.

„Was?“, fragte Liam und fühlte sich etwas unsicher.

„Du kannst mich haben.“ Brass lächelte. Liam schnurrte seine Zustimmung.

Hoffentlich würde sein Gefährte diese Worte nicht bereuen, weil Liam ihn vielleicht zu Tode lieben würde. Rollig oder nicht.

KAPITEL 5

Brass fühlte sich, als hätte er keine Knochen mehr in seinem Körper, als er aufwachte, sein Gesicht in einem Kissen vergraben. Liam war seinen Worten treu gewesen. Es hatte Stunden gedauert, ehe Liam nachgelassen hatte, und das auch nur, weil Brass während ihres Liebesspiels eingeschlafen war.

Es wäre ihm in jeder anderen Situation peinlich gewesen, aber die Rolligkeit eines Wandlers war nichts, dem man entkommen konnte. Nicht, dass er es gewollt hätte. Es war anstrengend, daran bestand kein Zweifel, aber das bedeutete nicht, dass er nicht jede Sekunde genossen hatte.

Sich zu bewegen war nichts, auf das er sich freute, vor allem nicht, da sein Arsch noch immer von Liams Stößen pochte, aber er musste pinkeln.

Er kämpfte gegen den Drang, einfach wieder einzuschlafen, und versuchte sich aufzusetzen, aber auf halbem Weg hielt er inne. Neben ihm war nicht mehr sein heißer, muskulöser und langhaariger Gefährte, sondern stattdessen lag da ein riesiger Löwe … und starrte ihn mit warmen, goldfarbenen Augen an.

„Liam?“, fragte Brass. Nicht, dass er wirklich fragen musste, ob es sein verwandelter Gefährte war, der neben ihm im Bett lag, aber er war riesig. Allein sein Kopf … die

Löwenversion von Liam hätte keine Probleme, Brass den Kopf mit einem Biss abzubeißen, sollte er Lust dazu haben.

Brass konnte nicht widerstehen, seine Hand in der dunklen Mähne seines Löwengefährten zu vergraben. Sie war überraschend weich und seine Finger durchzogen die Haare mit Leichtigkeit. Er hatte erwartet, dass sein Gefährte eine helle Farbe hätte, wie die Löwen in Tierdokumentationen. Stattdessen war sein Fell dunkler, brauner wie Kaffee mit ein wenig Sahne.

Liam machte ein seltsames, schnurrendes Geräusch, als Brass ihn streichelte und ihn an seinem Kiefer kraulte.

Das war so komisch. Liam musste fast eine Tonne wiegen, so groß wie er jetzt war. Er musste größer sein als ein normaler Löwe. Brass hatte in letzter Zeit keine Zoos besucht, aber es würde Sinn machen, dass Liam in dieser Hinsicht größer war, da die meisten Wolfswandler auf dem Vampirgelände auch größer waren, zumindest die Betas und die Alphas.

Liam war zwar kein Alpha, aber er war immerhin sozusagen König des Dschungels, also könnte er genauso gut einer sein.

Er verließ das Bett, um zur Toilette zu gehen, und hörte das Grollen eines großen, unglücklichen Kätzchens.

Brass rollte mit den Augen. Seine Katze konnte seinen Wutanfall haben. Liam hatte nichts zu sagen, was Brass' Toilettenroutine anging.

Als er die Tür schließen wollte, fand er den braunen Löwen, der den Eingang mit seinem Kopf versperrte. Es sah lächerlich aus. Sein Partner war in dieser Form so breit, dass nur sein Kopf durch den Türrahmen passte.

„Liam“, sagte Brass streng, „beweg deinen Arsch zurück ins Bett.“

Der Löwe grollte und seine Augen verdunkelten sich.

Brass tat, was jeder vernünftige Mensch getan hätte, und schnippte seinen Gefährten auf die Nase, woraufhin der erschrockene Löwen-Liam den Kopf schüttelte. „Du siehst mir nicht zu, wenn ich pinkle.“

Danach hatte Brass wenig Mühe, seinen Gefährten aus der Tür zu schubsen und sie zu schließen.

Sein Leben hatte sich schon drastisch verändert, aber irgendwie berührte es ihn kaum. Es fühlte sich richtig an.

Seltsam, aber richtig.

Wenn er die nächsten paar Tage der Rolligkeit seines Gefährten überleben konnte, dann glaubte er, dass es ihnen gut gehen würde, wenn sie wirklich ihr gemeinsames Leben beginnen konnten.

* * * *

Brass fühlte sich wie ein Schwein. Er schlang das Essen, das vor ihn gestellt wurde, wie ein ausgehungerter Köter herunter. Er konnte einfach nicht anders. Mit Liam zusammen zu sein verbrannte viel zu viele Kalorien.

Die Pfannkuchen waren großartig. Es waren nicht die mit Sirup, sondern sie wurden mit Speck und Eiern serviert.

Proteine. Das war definitiv das, was Brass brauchte …

nun ja, und Blut. Er war sehr reserviert gewesen, sich von Liam zu nähren.

Vampire nährten sich einfach nicht von Wandlern. Nicht nur, weil solche Dinge tabu waren, sondern weil Wandlerblut abstoßend sein sollte. Eine Tatsache, die viele Vampire als Beweis dafür benutzten, dass Vampire und Wandler nicht miteinander auskommen sollten.

Er wusste, dass er bald Liams Blut probieren musste. Liams Rolligkeit hatte seine Energie verbraucht, und einfaches Essen würde nicht ausreichen, um seine Reserven wiederherzustellen.

Damian trank offenbar von Timothy und liebte den Geschmack. Vielleicht gab es irgendwas zwischen Gefährten, das den Geschmack beeinflusste. Und er hatte sicherlich den Geruch von Liams Blut genossen, bevor er es in der Münze versiegelt hatte, die auf seiner Brust ruhte.

Geruch und Geschmack gingen jedoch nicht immer Hand in Hand.

Als er sich schließlich satt fühlte, konnte Brass den Rest seines Mahls langsamer essen und genießen. Und es wirklich genießen, wie Liam seinen Hals beknabberte und küsste. Liam war immer noch nicht über die Rolligkeit hinweg, obwohl sie den dritten Tag gemeinsam verbracht hatten. Dies war tatsächlich das erste Mal, das Liam ruhig genug war, damit sie das Zimmer verlassen konnten. Er war aber immer noch mehr mit Brass beschäftigt als mit der Nahrungsaufnahme.

Jace hatte ihnen bisher Essen aufs Zimmer gebracht, aber Brass war nicht begeistert von der Art, wie der großspurige Leopard einfach ohne anzuklopfen reinspazierte.

Nicht, dass Liam es besser aufgefasst hätte. Hätte Liam bei diesen Gelegenheiten nicht in ihm gesteckt, vermutete Brass, dass Fetzen vom Fell des Schneeleoparden auf dem Boden um ihr Bett herum verteilt liegen würden. Das wäre vielleicht lustig gewesen, aber Brass hatte keine Lust, dass ihr Zimmer von Jaces Duft durchtränkt war.

Brass registrierte kaum die anderen Leute am Tisch. Damian, Zane und Casey hatten sich alle auf der anderen Seite des Tisches versammelt. Er war sich nicht sicher, ob das daran lag, dass sie ihn missbilligten oder weil der besitzergreifende, rollige Mann neben ihm saß und ihn begrapschte.

Beide Aspekte waren plausibel.

Er war immer noch mit den Speckstreifen beschäftigt, als der Mischlingswolf Timothy in den Raum kam. Er hatte seinen Teller auch vollgepackt und Brass fragte sich, ob der Vollmond draußen am Himmel stand. Vielleicht speicherte Timothy Energie für seine eigene Rolligkeit. Verpaarte Wölfe funktionierten wie ein Uhrwerk, wenn es um ihre Läufigkeit ging. Katzenwandler konnten einige Male im Jahr rollig werden, nachdem sie ihre Gefährten gefunden hatten, aber mit Wölfen war es eine monatliche Angelegenheit.

Timothy überraschte ihn, als er Damians Einladung ignorierte, sich ihm am anderen Ende des Tisches anzuschließen und sich stattdessen in die Mitte am Ende des Tisches setzte, fast direkt neben Brass.

Der Halbwolf konzentrierte sich auf sein Essen und hielt die Augen gesenkt, doch Brass konnte die Nervosität und Angst spüren, die in kleinen Wellen von ihm ausgingen. Der kleine Wolf war definitiv besorgt.

„Warum sitzt du da?“, fragte Brass, aufrichtig neugierig. Wenn der Wandler Angst vor ihm hatte, dann war es nur logisch, dass er weit weg von ihm und so nah wie möglich bei seinem eigenen Gefährten bleiben würde.

Timothy sah erschrocken aus. „Willst du, dass ich mich wegsetze?“

Die anderen am Tisch starrten sie ebenfalls an. Liam hatte sogar von seinem Hals abgelassen, um zu sehen, was vor sich ging, aber sein Arm war immer noch um Brass' Taille gelegt und hielt ihn fest. Nicht dass der Halbwolf für einen von beiden eine große Bedrohung darstellen könnte.

„Du hast Angst vor mir“, sagte Brass.

„Ja …“, antwortete Timothy mit einem leichten Stottern.

„Warum sitzt du dann da?“, fragte Brass erneut.

Timothy schnaubte und sah beinahe genervt aus. „Ich versuche hier unterstützend zu sein, weißt du? Du hast mir geholfen, aus diesem Höllenloch rauszukommen, und du hast Damian *gezeugt,* oder wie auch immer es heißt, damit er nicht … sterben muss und ich sah, wie du einem Kerl den Kopf abgerissen hast … natürlich habe ich Angst vor dir. Du bist irgendwie furchteinflößend, aber ich denke, du gehörst irgendwie zur Familie und so. Zumindest jetzt, mit Liam und all das. Und Taten sagen mehr als Worte und all das …. Ohne die Taten zu zählen, bei denen du Maddox beinahe getötet hättest und versucht hast, Leo zu verletzen, und ich bin mir ziemlich sicher, dass das nicht das erste Mal war, dass du jemandem den Kopf abgerissen hast. Und natürlich hast du für die Übeltäter gearbeitet und wahrscheinlich selbst Böses getan, aber schließlich hat Link auch für euch gearbeitet und ernsthaft abgefuckten Drogenmist gemacht, aber er wurde ja auch erpresst … aber du hast mir geholfen und du hast Casey und Zane geholfen, zu entkommen und ich schätze, du hast uns Informationen gegeben und –“

„Bitte hör auf.“ Brass hatte keine Ahnung, wie der Junge so lange sprechen konnte, ohne Luft zu holen. Er war verblüfft.

„Entschuldigung.“ Timothy sah verlegen aus. „Ich neige dazu, manchmal zu plappern.“

„Ach wirklich.“ Brass knabberte an dem letzten Speckstreifen und ließ die Worte einsinken … zumindest die, die er tatsächlich mitbekommen hatte. Schließlich wandte er sich wieder Timothy zu, während die anderen sie immer noch beobachteten. „Danke, schätze ich.“

In dem Moment, als er das letzte Stück Speck in seinen Mund steckte, zog Liam an seinem Hemd und sah aus, als wäre er selbst ausgehungert. Nur nicht nach Essen, das er kaum berührt hatte.

Brass rollte mit den Augen, schluckte und kippte den Rest seines Saftes hinunter. „Gut, gehen wir.“

Kichernd, als sein Gefährte von seinem Stuhl aufsprang und ihn hastig in Richtung Schlafzimmer zog, dachte Brass, dass er sich daran gewöhnen könnte.

KAPITEL 6

„Ich muss mit Jorgens sprechen“, sagte Brass.

„Und? Hinterlasse Sol einfach eine Nachricht“, schnurrte Liam, während er sich an seinem Gefährten rieb und ihn wieder mit seinem Duft markierte, nachdem Brass ihn unter der Dusche abgewaschen hatte.

Seine Rolligkeit hatte vielleicht geendet, aber das Einzige, was sich anders anfühlte, war, dass er eine geringfügig bessere Selbstbeherrschung hatte und der Schmerz weg war. Liam hatte mit dem Gedanken gespielt, einfach so zu tun, als sei seine Rolligkeit immer noch voll im Gange, nur damit er seinen Gefährten noch ein paar Tage in ihrem Bett behalten konnte. Leider hatte Liam das nicht durchstehen können. Er wollte seinen Gefährten nicht täuschen und Brass würde wahrscheinlich einen oder zwei Tage brauchen, um richtig zu heilen, bevor sie wieder Sex haben konnten, aber das bedeutete nicht, dass sie in der Zwischenzeit keine anderen Dinge tun konnten.

Brass hatte Ausdauer und er beschwerte sich nie, und obwohl Liam nicht bezweifelte, dass sein Gefährte wirklich Spaß gehabt hatte, wusste Liam, dass er wund sein musste und am letzten Tag seiner Rolligkeit hatte Liam alles getan, um sicherzustellen, dass ihre Vereinigung eher langsam und sinnlich war als hart und schnell.

„Gib es auf, Liam. Deine Rolligkeit ist vorbei und ich muss ihn sehen. Es gab einen Grund für meine Abwesenheit, wie du weißt. Dieses Opfer ist nicht zu vergeuden.“ Brass schob seine Hand durch Liams Haar.

„Hast du Sol schon den USB-Stick gegeben?“ Liam lehnte sich gegen Brass’ Hand.

Er war nicht wirklich bereit, seinen Gefährten mit der Außenwelt zu teilen. Den Frühstückstisch mit seinem Rudel zu teilen, war in Ordnung gewesen, aber nur, weil er während der ganzen Zeit in der Lage gewesen war, seine Hände an seinem Gefährten zu behalten.

„Es gibt mehr als nur die Dokumente“, sagte Brass. „Ich hätte es wahrscheinlich bei Jorgens ansprechen sollen, aber mit Malcoves Ankunft auf dem Gelände …“

„Wovon redest du?“ Liam runzelte die Stirn.

„Es gab Gerüchte darüber, euren Sorena für immer loszuwerden“, sagte Brass mit ernstem Tonfall.

„Wie ist das anders als … immer?“ Liam legte den Kopf schief.

„Ich habe von einer Spenderin auf der Genesungsstation davon gehört. Sie wurde von mehreren Vampiren benutzt und sie war schwach, also konnte ich nicht herausfinden, wer es war, aber sie erinnerte sich an einen der Typen, der sagte, dass sie Wölfe vom Gelände benutzen würden. Ein Anschlag im Austausch für ihre Freiheit.“

„Fuck.“ Liam schüttelte den Kopf. „Kett wurde vor ein paar Wochen von einem Wolf angegriffen. Der hegte einen Groll gegen Zane … Wir haben einfach gedacht, dass er während Zanes und Caseys Flucht entkommen ist."

Brass schien das für einen Moment zu überdenken. „Könnte nichts damit zu tun haben. Konntet ihr ihn befragen?"

„Er wurde erschossen, nachdem er und seine Kumpels angegriffen haben. Wir haben aber herausgefunden, dass Christa die Schwester von Mika war … was sehr beunruhigend ist."

„Huh." Brass runzelte die Stirn. „Ich kenne Mikas Eltern. Beide sind geborene Vampire, nicht erschaffen. Ich habe Schwierigkeiten, mir vorzustellen, dass einer von ihnen mit Menschen rummacht, und Christa, obwohl sie geboren ist, ist weit davon entfernt, reinrassig zu sein."

„Reinrassig? Geboren? Was soll das mit der Aristokratie?", fragte Liam. Brass' Worte klangen, als kämen sie direkt aus einem Vampirregelbuch von Stammbäumen oder so.

Brass sah ein wenig verlegen aus. „Nun, das ist es … Aristokratie. Erschaffene Vampire sind den reinrassigen Vampiren zahlenmäßig überlegen, aber sie gelten als die untere Kaste. Reinrassige geborene Vampire werden normalerweise als High Society betrachtet und es gibt sogar Titel. Wenn man bedenkt, dass Vampire normalerweise nicht sterben, wenn sie nicht getötet werden, tragen viele dieser Titel ziemlich viel Macht. Dauerhafte Macht."

„Warum habe ich nicht schon davon gehört?" Liam verstand nicht, wie er so etwas in all den Jahren verpasst haben konnte, die er Vampire bekämpfte und tötete.

„High Society-Vampire mögen es nicht, sich die Hände schmutzig zu machen. Die meisten verdrehen ihre Augen über

Leute wie Mika, obwohl Kerrigan ein reiner Vampir aus einer angesehenen Familie war und er hatte seine kleine Anhängerschaft unter einigen der anderen Titelträger. Genau so habe ich mich überhaupt erst an den Geschäften auf dem Gelände beteiligt. Er und meine Mutter hatten gute Beziehungen und es machte ihm nichts aus, wenn ich für meine kleinen Arbeitsprojekte, wie zum Beispiel als Sanitäter, eine Auszeit brauchte … also dachte ich, warum nicht. Sie waren furchtbar unorganisiert und ich kenne mich in einem Büro aus."

„Also, wenn ein erschaffener Vampir oder ein halbreiner Vampir als nieder angesehen wird … ich bin nicht gerade einer, den man mit nach Hause zu Mama mitbringen kann, oder?" Liam gluckste nervös. So wie dieses Gespräch klang, war Brass Teil dieser oberen Vampirgesellschaften.

Brass schnaubte: „Oh, ich bin mir sicher, dass meine Mutter begeistert sein würde. Vor allem, wenn sie von Jorgens erfährt."

„Wie bitte?", fragte Liam.

„Ich glaube nicht, dass meine Mutter sich sehr darum kümmern würde, dass ich mit einem Wandler oder gar einem Mann verpaart bin." Brass gähnte und rieb sich den Schlaf aus den Augen. „Aber in Anbetracht dessen, dass Jorgens ein weißer Tiger des Hofs von Dramadium ist … Sie wird wahrscheinlich meckern, warum ich mich nicht mit ihm hätte verpaaren können."

Liam gab ein düsteres, grollendes Geräusch von sich. „Ich glaube nicht, dass wir oft mit deinen Leuten das Weihnachtsfest verbringen werden."

Brass kicherte: „Zumindest bist du ein Löwe und keine Hauskatze. Sie wird schon damit klarkommen, außerdem feiern wir nicht wirklich Weihnachten. Mutter stellt aber sicher, dass sie die Menorah anzündet."

„Du bist Jude?", fragte Liam überrascht.

Brass hob eine Augenbraue. „Genaugenommen. Erzählst du mir gerade, dass du mich seit über drei Tagen vögelst und nicht einmal bemerkt hast, dass ich beschnitten bin?"

Liam errötete. Er war irgendwie in seiner Rolligkeit aufgegangen. „Ich habe es bemerkt, aber ich habe einfach nicht … es fiel mir nicht so richtig auf. Irgendwie dachte ich, es wäre eine ästhetische Entscheidung."

Brass rollte mit den Augen. „Und was, dieses erdbeerförmige Geburtsmal auf deinem Arsch ist eigentlich ein Modestatement?"

„Mach dich nicht lustig", knurrte Liam, „und es ist auf meinem Oberschenkel, nicht auf meinem Arsch."

„Es ist auf deinem Arsch." Brass kicherte. „Als Vampire sind wir nicht so fromm wie Menschen. Wie du dir vorstellen kannst, ist es nicht wirklich eine Option, koscher zu sein, aber unser Glaube ist Teil meiner Erziehung und wenn sich die Dinge beruhigen, würde es mir sehr gefallen, wenn ein Rabbi unsere Vereinigung segnet."

„Ist das überhaupt erlaubt? Mit zwei Männern?", fragte Liam. Er hatte keine Probleme mit einer jüdischen Zeremonie, wenn Brass das wollte. Er würde alles tun, um seinen Gefährten glücklich zu machen.

„Meine Mutter wird jemanden finden, der es tun wird.

Nein zu ihr zu sagen, kann der Gesundheit schaden."

Liam würde diese Aussage nicht vertiefen. Er war sich nicht sicher, ob ihm die Antwort gefallen würde.

Brass stieg aus dem Bett und holte seinen Koffer heraus.

„Ich möchte, dass du dich zuerst nährst", sagte Liam ihm. Sein Gefährte wirkte ein wenig zögerlich.

„Sieh mich nicht so an, Liebling. Ich möchte, dass du von mir trinkst. Ich weiß, dass du das tun musst und ich will nicht, dass du von irgendjemand anderem trinkst", sagte Liam ehrlich.

„Ich weiß. Es ist nur so, ich bin schon lange am Leben, und Wandlerblut zu trinken wurde immer für falsch gehalten und … es ist dumm, aber trotzdem." Brass wirkte beinahe beschämt.

„Du kannst nicht so alt sein. Jetzt beiß mich einfach und probier es aus. Du hast seit Tagen kein Blut mehr getrunken", sagte Liam.

Brass räumte sein Hemd weg und stieg wieder auf das Bett. Er setzte sich rittlings auf Liam, der sich ausgestreckt hatte, damit er von ihm trinken konnte.

Seinen Hals für Brass gestreckt, fühlte er, wie sein Körper angespannt wurde, als Brass' Atem seine Haut traf.

„Fürs Protokoll", sagte Brass, als seine Zähne an Liams Hals kratzten, „ich bin siebenhundert und neun."

Liam hatte kaum Zeit, den Schock der neuen Informationen zu verarbeiten, bevor Brass seine Zähne in sein Fleisch grub.

* * * *

„Ich fühle mich zu voll", beschwerte sich Brass.

Liam kicherte. „Dann hättest du nicht so viel trinken sollen. Ich fühle mich selbst ein bisschen benommen."

„Du bist derjenige, der wollte, dass ich dich beiße." Brass warf seinem Gefährten einen Blick zu.

Als er Liam in den Hals gebissen und sein Blut zum ersten Mal geschmeckt hatte, war Brass ein wenig die Kontrolle entglitten. Er hätte wirklich nicht so lange warten sollen, bevor er sich nährte. Essen war eine Sache, aber egal wie viele Pfannkuchen oder wie viel Speck er aß, ein Vampir brauchte Blut. Und sein Löwengefährte war eine Mahlzeit, die eines Michelin-Sterns würdig war.

Gerade jetzt mampfte sein Gefährte seinen zweiten Power-Riegel, um sich zu stärken. Brass hatte nicht gedacht, dass er so viel genommen hatte, aber Liam war danach ein wenig schwindlig geworden.

Zum Glück hatte er keine Kopfschmerzen.

Liam hatte ihm nicht viel darüber erzählt, wie es ihm gegangen war, bevor Brass zurückkam, aber er hatte den Schmerz in seinen Augen gesehen. Er wusste, dass es Liam nicht gut gegangen sein konnte, und das passte ihm nicht wirklich, aber abgesehen von seinem leicht anämischen Zustand, nachdem Brass sein Blut getrunken hatte, wirkte er jetzt stark und gesund, und am Ende war das alles, was zählte.

„Lass uns einfach mit Sol reden und dann kann ich dir eine richtige Führung durchs Haus geben", sagte Liam ihm.

„Es könnte eine Weile dauern“, warnte Brass.

Jorgens hatte einige Tage Zeit gehabt, die Computerdateien durchzugehen, und Brass wusste nicht, wie viele Fragen der Sorena für ihn hatte oder ob er sie beantworten konnte. Er fand, dass es sehr entgegenkommend von dem Sorena war, auf das Ende von Liams Rolligkeit zu warten, bevor er nach ihm rief. Andererseits besagte das vielleicht nur, in welch schrecklichem Zustand sein Gefährte in der Tat gewesen war. So schlecht, dass Jorgens keine andere Wahl gehabt hatte, als zu warten, um sicherzustellen, dass Liam eine vollständige Genesung durchmachte.

„Ich kann geduldig sein“, versicherte Liam ihm.

Brass schnaubte.

„Mach dich nicht lustig“, meinte Liam beleidigt. „Ich habe nie gesagt, dass Geduld Teil der Rolligkeit ist. Das ist eher eine Grauzone.“

„Richtig.“ Brass unterdrückte ein Lächeln.

Sie kamen zum Büro das Sorenas, doch bevor Brass klopfen konnte, wurde die Tür aufgerissen.

Jorgens sah nicht besonders glücklich aus. „Was zur Hölle meinst du damit, dass sie mich ermorden wollen?“

Brass seufzte. „Ich schätze, wir haben da ein paar Informationen, die wir besprechen sollten.“

KAPITEL 7

Es gab nicht viel an Informationen, was die Bedrohung von Sols Leben anging, aber genug, um zu wissen, dass sie da war.

Liam konnte nicht viel zu der Diskussion beitragen, da er nur wusste, was Brass ihm zuvor gesagt hatte, aber sein Gefährte hatte seine Mutter angerufen und sie hatte zugestimmt, ein paar Fühler auszustrecken, obwohl sie nicht allzu glücklich darüber war.

Liam stellte sich vor, wie seine Schwiegermutter die Nase rümpfte, als sie sich bereit erklärte, gegen ihre eigene Spezies vorzugehen, weil ihr lieber Sohn neue und unappetitliche Familienbande geknüpft hatte. Brass hatte recht gehabt, als er ihm von seiner Mutter erzählt hatte. Lillian machte sich tatsächlich nicht viel daraus, dass ihr Sohn mit einem Wandler verbunden war, obwohl sie sich nicht sonderlich darüber freute und tatsächlich gefragt hatte, ob er sich nicht lieber mit dem Rudelanführer zusammenschließen wollte. An diesem Punkt hatte Liam das Telefon aus der Hand seines Gefährten gerissen und der alten Ziege in aller Deutlichkeit erklärt, wie er auf ihre Möbel pissen würde, wenn sie das nächste Mal ein geselliges Beisammensein veranstaltete, falls sie ihrem Sohn jemals wieder so etwas vorschlug.

Das kam bei seiner neuen Schwiegermutter nicht gut an und sie klang zutiefst beleidigt, obwohl sie das Thema fallen ließ, wahrscheinlich unsicher, ob Liam seine Drohung wirklich wahrmachen würde. Liam hatte schon immer gedacht, es sei wichtig, einen starken ersten Eindruck zu hinterlassen.

Brass hatte einfach die Augen verdreht und sich das Telefon zurückgeholt, um die Unterhaltung zu beenden.

Wenigstens hatte er nicht das Bedürfnis verspürt, sich für Liams Verhalten zu entschuldigen.

Solomon befragte Brass danach noch ein paar Stunden, um sicherzugehen, dass sie nichts übersehen hatten, und Liam hörte alles, was seit dem Tag passiert war, an dem er Brass zurück zum Anwesen geschickt hatte.

Die Hexenmeister-Situation war ein Problem, aber laut Brass schien das Attentat unabhängig von der neuen Verwaltung zu sein, obwohl es immer noch als eine aktive Bedrohung angesehen wurde. Brass war nicht in der Lage gewesen herauszufinden, was Daniels Endziel war, wenn er überhaupt eines hatte, von dem Versuch, Profit zu machen, mal abgesehen.

Solomon hatte mit dem Rat gesprochen, aber der Vertreter der Hexenmeister war unerbittlich, wusste nichts über die Situation auf dem Gelände und es hieß, dass die Mehrheit des Rates ihm glaubte. Natürlich hatte der Rat andere Sorgen.

Der Vertreter der Vampire im Rat schürte Probleme in Bezug auf das Verhör und die Verurteilung von Christa. Niemand würde leugnen, dass sie mental nicht stabil war, aber das Ratsmitglied meinte, dass sie in eine psychiatrische Anstalt eingewiesen werden sollte, anstatt richtig hart bestraft zu werden, und diese Alternative war keine populäre. Christa hatte einige schreckliche Dinge getan, aber die allgemeine Meinung war, dass sie sie getan hatte, weil sie böse war, nicht weil ihr das Prozac ausging.

Mikas Eltern erkannten Christa nicht als das Kind aus der Affäre an, die Mikas Vater Jahrzehnte zuvor gehabt hatte, aber das Mitglied des Rates tat es. Mikas Eltern wollten ihren Tod für das, was sie ihrem Sohn angetan hatte, aber eine Familie, die eine Verwandte zum Tode verurteilte, passte dem Vampir-Vertreter nicht so gut und verursachte weitere Probleme zwischen dem Rat und anderen geschätzten Mitgliedern der Vampire-Gemeinde. Es hatte schon mehrere Versammlungen gegeben, in denen versucht wurde, die Sache zu klären, und in der Zwischenzeit war Christa in ein geheimes Gefangenenlager geschickt worden, wo sie vorerst sicher war, bis eine ordentliche Anhörung stattfinden konnte.

„Ich hätte Mutter fragen sollen, ob schon irgendwelche Gerüchte über mich kursieren, nachdem ich das Gelände verlassen habe“, brummte Brass. „Die Verbindung ist nicht mehr wirklich ein Vampirgeschäft, aber ich will wissen, was sie sagen.“

„Du meinst, ob du als Verräter und Katzenliebhaber bezeichnet wirst?“ Liam hob eine Braue. Er verstand nicht ganz, warum diese Dinge seinen Gefährten störten, aber andererseits, wenn er so alt war wie er behauptete, und Teil einer höheren Klasse, könnten Beherrschung und Ansehen für ihn wichtiger sein als für andere.

„Ich bezweifle, dass die Leute mich dafür verurteilen

werden, dass ich das Gelände verlassen habe, nachdem Malcove übernommen hat. Die Tatsache, dass ich mich mit einem Wandler verbunden habe, wird von vielen meiner Bekannten herabgewürdigt werden, aber ich habe keine Bedenken. Ich möchte einfach nicht, dass Leute falsche Gerüchte verbreiten. Ich bin ein Verräter, aber ich will Klarheit darüber, warum“, sagte Brass ihm. „Ich möchte nicht, dass die Leute glauben, dass ich die Seite gewechselt hätte, bevor ich dich gefunden habe.“

Liam sah seinen Gefährten an. „Schämst du dich für das, was du getan hast? Uns zu helfen?“

Brass warf ihm einen genervten Blick zu. „Natürlich nicht. Ich würde es vielleicht, wenn ich nichts getan hätte. Es ändert aber nichts daran, dass ich diese Dinge niemals getan hätte, wenn ich dich nicht gefunden hätte. Ich habe versucht, Maddox zu töten und hätte Leo getötet, wenn Maddox nicht eingegriffen hätte, nur um Mikas selbstzerstörerische Verbindung zu ihm zu durchtrennen. Ich hatte keine Bedenken deswegen. Ich mag mich wegen Leo schlecht gefühlt haben, aber wenn ich ihn in dieser Nacht getötet hätte, hätte ich deswegen keine schlaflosen Nächte gehabt.“

Doch selbst als er die Worte sagte, sah Liam, wie sehr Brass davon betroffen war. Der Mann, von dem er sprach, war eine veraltete Version seines Gefährten.

Liam hob das Kinn seines Gefährten und gab ihm einen langsamen, zärtlichen Kuss.

„Ich habe die Wahrheit gesagt …“, sagte Brass ihm und sah verwirrt aus von Liams Zuneigung.

„Ich weiß.“ Liam lächelte. „Aber die Dinge sind jetzt

anders. Du *musstest* Timmy nicht helfen, aber du hast es getan. Du musstest Casey und Zane nicht helfen, aber du hast es getan."

„Ich musste diese Dinge tun", protestierte Brass.

„Weil ich dich gebeten habe", sagte Liam.

„Nun ja. Ich bin kein Fußabtreter, Liam, aber wenn ich diese Dinge nicht getan hätte, hättest du –"

„Nein. Hätte ich nicht." Liam schüttelte den Kopf. „Wann immer ich dich bat, etwas zu tun, hatte ich schreckliche Angst, dass das der Grund wäre, aus dem du entdeckt würdest. Jedes Mal war ich sicher, ich würde dich in den Tod schicken. Wenn du nur einmal gesagt hättest, das Risiko sei zu groß, hätte ich es dir nie vorgeworfen. Ich wäre wahrscheinlich erleichtert gewesen."

„Ich war nie in Gefahr, nicht über ein Maß, mit dem ich umgehen konnte, Liam. Und ich weiß, du hättest es mir nicht vorgeworfen, aber das Rudel hätte es getan und das wäre nicht in unserem Sinne gewesen, wenn wir unser gemeinsames Leben begonnen hätten", argumentierte Brass.

„Ich bezweifle nicht, dass du einige Dinge getan hast, die ich nicht gutheißen würde", sagte Liam ihm, „besonders, weil du für Leute wie Kerrigan gearbeitet hast, aber du bist nicht nur dieser Mann. Ich weiß, dass du und Damian eine gute und schlechte Vergangenheit habt, aber ich weiß auch, wenn du ihn nicht zu einem Vampir gemacht hättest, wäre mein kleiner Bruder jetzt tot und Timmy wahrscheinlich auch. Und du kannst mir nicht sagen, dass du Timmy nicht helfen wolltest, wenn auch nur um Dames willen."

Brass sah etwas blasser aus als sonst.

„Es ist nicht so, als hätte ich noch nie Gefühle für irgendjemanden gehabt, Brass. Ich weiß, wie das ist."

„Ich habe ihn nie geliebt, aber ich konnte mir ein Leben mit ihm vorstellen", gab Brass zu. „Ich nehme an, ich wollte nicht, dass er seine Chance auf Glück verliert, wenn dem Welpen etwas zugestoßen wäre, obwohl ich nicht wusste, dass sie Gefährten sind, bis ich ihn aus dem Raum gebracht habe, in dem sie ihn festgehalten haben. Und es ist nicht so, als ob ich Timothy beleidigend finde oder so. Er redet zu viel, aber zumindest ist er interessant."

„Er wächst dir irgendwie ans Herz, wenn du mit ihm Schritt halten kannst." Liam lächelte. „Unterm Strich werde ich dir deine Vergangenheit nicht zum Vorwurf machen, wenn es um die Zukunft geht."

Liam dachte, er hätte vielleicht etwas Falsches gesagt, als er in Brass' Augen den Glanz unvergossener Tränen sah, aber die Augen seines Gefährten waren voller Staunen … und ein bisschen Verwirrung.

„Danke", sagte Brass einfach.

Liam nahm Brass' rechte Hand in seine und brachte sie an seine Lippen, um ihm einen sanften Kuss zu geben. Wenn jemand Danke sagen musste, war es Liam.

* * * *

„Interessantes Buch?", fragte Damian, als er in der Bibliothek auftauchte, wo Brass sich verschanzt hatte, während

Liam auf Patrouille war.

„Sehr."

Die Bibliothek des Rudels war überraschend gut sortiert und umfasste alle Themen von Nordischer Geschichte bis hin zu Krimis. Zurzeit durchforstete er ein Buch, das von einem Wandler zum Thema des Hofs von Dramadium geschrieben worden war. Es gab einige Passagen, die Solomon als kleinem Kind geweiht waren, und die Bedeutung, die daraus resultierte, dass er sich in einen weißen Tiger verwandeln konnte. Sein Großvater, Sven Jorgens, der in Schweden aufgewachsen war, hatte als junger Wandler eine viel hellere orange Färbung gehabt, als sie für Tigerwandler normal war. Gerüchte über seinen blassen Pelz hatten den Hof von Dramadium erreicht, der sich in Russland befand, und er war schnell mit der ältesten Tochter des herrschenden Paares verlobt worden. Als das Paar keine schneeweißen Tiger-Nachkommen produzierte, waren viele enttäuscht gewesen. Dann, eine Generation später, kam Solomon an.

„Also, wie geht es dir?", fragte Damian unbeholfen, als er sich neben ihn in den Ledersessel setzte.

„Hängt davon ab, wie weit der Zeitabschnitt zurückliegt, auf den ich mich beziehen soll", sagte Brass, während er sein Lesematerial niederlegte.

„Fang nicht damit an." Damian schüttelte den Kopf. „Es ist eine Weile her, aber nicht so lange. Ich weiß, dass sie dich nicht leicht davonkommen gelassen haben, so wie ich mich entwickelt habe."

„Das war nichts. Wirklich", sagte Brass seinem alten Freund. „Die Leute, die mich verurteilten, waren allesamt am unteren Ende der Nahrungskette. Selbst Kerrigan mit all seinen Verbindungen und seinem falschen Charme hat mir wenig entgegengesetzt, als ich mich entschieden habe, dich gehenzulassen. Die Leute, die wichtig waren, haben es als eine meiner Eigenheiten betrachtet, dass ich dich nicht getötet habe. Manche dachten sogar, ich hätte dich absichtlich zu einem verdrehten Experiment gemacht."

„Im Ernst? Nur wegen deiner Job-des-Jahres-Sache?", fragte Damian überrascht.

Die Job-Sache ließ ihn für manche Leute seltsam erscheinen, aber er hatte eine Menge Wissen und Tricks durch diese Tätigkeiten angesammelt. Er wusste nicht, ob er jemals in der Lage sein würde, dieses Wissen zu nutzen, aber das bedeutete nicht, dass die Dinge, die er erfahren hatte, keinen Wert besaßen.

„Anscheinend."

„Also, wie geht es dir und Liam?", warf Damian etwas zu schnell ein.

Brass' Lippen zuckten ein wenig. „Warum fragst du? Eifersüchtig?"

Damian warf ihm einen wütenden Blick zu. „Du weißt ganz genau, dass ich meinen eigenen Seelenverwandten gefunden habe, Brass. Du bist immer noch mein Erschaffer und wir beide wissen, dass ich nicht hier wäre, wenn du nicht gewesen wärst. Es berechtigt mich zur Sorge."

„Das ist sehr rührend, Damian", brummte Brass und unterdrückte ein Lachen.

„Spotte nicht", sagte Damian sauer.

„Tue ich nicht. Wirklich", sagte Brass. „Liam und ich

sind angesichts der Verzögerungen auf einem sehr vielversprechenden Weg."

„Es muss schwer gewesen sein, so getrennt worden zu sein", meinte sein Freund.

„Das war es."

„Warum habe ich das Gefühl, dass hinter diesen Worten noch etwas steckt?", fragte Damian.

Damian war schon immer aufmerksam gewesen. Oder vielleicht war Brass wirklich eine leichtere Lektüre, als er zu sein glaubte.

Brass' Handy summte. Er erwartete, dass es wieder Liam sein würde, da er ihm bisher ungefähr alle fünfzehn Minuten eine SMS geschrieben hatte. Stattdessen stammte die Nachricht von jemandem, den er schon lange nicht mehr gesehen hatte.

Ächzend und seine Schläfe reibend wählte Brass Liams Nummer.

„Ist alles in Ordnung?", fragte Liam, als er beim ersten Klingeln antwortete. Er klang besorgt.

„Es ist nichts Schlimmes, Liam", versicherte Brass ihm. „Aber wir haben Gesellschaft. Er sollte bald am Tor ankommen."

KAPITEL 8

Wenn Brass nicht eine beruhigende Hand auf seinem unteren Rücken hätte, würde Liam jetzt mit Francis' Wirbelsäule spielen.

Am Anfang hatte sich Brass' Familienbutler beinahe in die Hose gepinkelt, weil er von so vielen Wandlern umgeben war, aber jetzt fühlte er sich offenbar viel zu wohl, als seine Angst, abgeschlachtet zu werden, nachließ.

„Ich würde nicht erwarten, dass Sie die schwierige Situation verstehen, Teil einer höheren Klasse von Vampiren zu sein. Es ist alles ziemlich kompliziert", sagte der schlaksige, bebrillte Scheißfleck mit herablassender Stimme.

Auch Solomon war beleidigt. „Sie wissen doch, wer ich bin, oder?"

„Solomon Jorgens", sagte der Mann selbstsicher mit einer steifen Verbeugung. „Sie sind definitiv ein Mann von höherem Rang. Obwohl Sie die Verantwortung für Ihre Berufung noch übernehmen müssen. Schließlich sind Sie hier in Amerika, um Ihren Club für kleine Jungs zu leiten, obwohl Ihre wahren Pflichten in Russland sind."

„Francis", sagte Brass in eiskaltem Tonfall, der die Haare auf Liams Armen strammstehen ließ.

Es war irgendwie heiß.

Die Haltung des Butlers änderte sich augenblicklich und er kauerte bei Brass' eisigem Verhalten.

„Es tut mir sehr leid, Master", entschuldigte sich Francis und verbeugte sich noch tiefer, als er es Solomon gegenüber getan hatte. „Ich habe schlechtes Licht auf den Namen Ingram geworfen."

„Ich bin es nicht, bei dem du dich entschuldigen solltest", sagte Brass mit derselben kalten Stimme.

Francis sah aus, als wolle er etwas dagegen sagen, änderte aber schnell seine Meinung und wandte sich Solomon zu, wobei er sein Bestes gab, um Demut vorzutäuschen: „Es tut mir sehr leid, Sorena. Ich habe den größten Respekt vor Ihrer Familie und Ihrem Ansehen als Anführer Ihres Rudels."

„Erledige einfach, was immer du hier zu tun hast, und verschwinde aus meinem Haus, bevor ich meinen Stahlkappenstiefel in deinen schiefen Hintern ramme", grummelte Solomon und verließ den Raum.

„Ich muss wieder auf Patrouille gehen", sagte Kett. „Ich habe noch zwei Stunden auf der Uhr, bevor ich Casey in der Innenstadt abholen muss. Wir treffen Zane danach in der Bar und dann wird er … äh … uns *treffen.*"

Liam rollte mit den Augen über das wilde Grinsen seines kleinen Bruders. Ketts Libido war Maddox und ihm schon lange ein Dorn im Auge. Kett war acht Jahre jünger als sie, und es war schwer, von ihm nicht als dem kleinen Knöchelbeißer zu denken, der sie bei ihrem Vater verpetzt hatte, als sie im Alter von sechzehn eine Flasche Scotch erworben und sich mit ein paar der Nachbarsjungen betrunken hatten.

Zumindest war ihr Bruder jetzt verpaart, und wenn jemand ihn versehentlich in einem privaten Moment überraschte, wurden sie nicht jedes Mal mit einem neuen Typen konfrontiert. Obwohl Liam sich wünschte, sein Bruder und seine Freunde wären nicht so kreativ damit, *wo* sie zusammenkamen.

„War das eine sexuelle Anspielung?“ Francis sah entsetzt aus.

„Du kannst deinen schiefen Hintern drauf verwetten, dass es eine war.“ Kett zwinkerte dem Butler zu und schlenderte hinter Solomon hinaus.

Francis sah aus, als würde er noch eine Bemerkung machen wollen, wurde aber von einem leisen, grollenden, von Brass an ihn gerichteten Geräusch gestoppt.

„Ich gehe auch“, sagte Jace und stürzte zur Tür. Er blickte über seine Schulter und fügte hinzu: „Ich muss nicht wirklich irgendwo sein … ich mag den schlecht ausgebildeten Butler-Affen nur nicht.“

„Hol einfach die Papiere raus, damit wir es hinter uns bringen können“, sagte Brass zu Francis, als das Gesicht des Mannes einen unpassenden Ton von Burgunderrot annahm.

„Natürlich, Master.“

Francis legte seinen Koffer auf Solomons Schreibtisch, öffnete ihn und holte eine dicke Mappe hervor. Er öffnete sie auf der letzten Seite und holte einen Stift hervor, den er Brass hinhielt, damit der ihn nehmen konnte.

„Unterschreiben Sie einfach hier und ich bringe die Papiere zurück zu Ihrer Mutter. Ich bin mir sicher, dass Sie zwei *Turteltauben* etwas Privatsphäre vorziehen. Nicht, dass ich erwarte, dass Sie in diesem Zoo, den Sie Ihr Zuhause nennen, eine angemessene Privatsphäre haben können." Francis' Lippen zuckten in offensichtlicher Abscheu.

Liam brüllte und ohne, dass Brass versuchte ihn aufzuhalten, hob er den Butler am Revers seines schwarzen Anzugs in die Luft, was den Kragen des Butlers um seinen Hals verengte. „Ich habe wirklich genug von dir und deinen Kommentaren. Respektiere meine Familie weiterhin nicht und ich werde dir persönlich zeigen, was mit einem verängstigten kleinen Hasen wie dir auf einer Rudel-Jagd passiert."

Francis schnappte nach Luft, als Liam ihn freiließ und er schien ein wenig blau im Gesicht wegen des Sauerstoffmangels. Liam fand das etwas rätselhaft, da er gedacht hatte, dass der Mann ein Vampir war, aber als er die Luft witterte, war der Geruch von Vampir viel schwächer als bei einem echten Vampir.

Ghul?

„Ich schlage vor, du nimmst dir die Worte meines Gefährten zu Herzen, kleiner Hase", verhöhnte Brass Francis, während er die Seiten des Dokuments umblätterte und den Stift, den Francis inzwischen auf den Tisch geworfen hatte, ignorierte.

„Was die Papiere betrifft, werde ich sie nicht unterschreiben. Dies ist, um es milde auszudrücken, veraltet, und ich finde es beleidigend für meinen Gefährten und mich selbst."

„Er ist ein Wandler, Master. Sie können nicht erwarten, dass er die gleichen Rechte bekommt, als wäre er ein Vampir von ordentlichem Ansehen", protestierte Francis.

„Tatsächlich kann ich das“, sagte Brass ihm in einem Tonfall, der ihn herausforderte, zu widersprechen. „Ich habe mein eigenes Dokument aufgesetzt, das sowohl fair als auch aktuell ist. Er wird keinen Anspruch auf den Ingram-Grundbesitz haben, den du so sehr schätzt, da ich selbst kein Interesse daran habe. Aber all mein persönlicher Besitz wird seiner sein, sollte ich vor ihm sterben. Dazu gehören die Immobilien, die ich im Laufe der Jahre gekauft habe, sowie alle Reliquien und Bücher, die mir während meines gesamten Lebens übergeben wurden. Er hat keinen Anspruch auf Titel, die mit dem Namen Ingram in Verbindung stehen. Und ich werde auf alle Titel verzichten, die mir verliehen werden mögen, da ich bei meinem Partner bleiben möchte, wo er sein muss.“

„Ihre Mutter wird nicht erfreut sein“, warnte Francis.

„Wann ist sie das jemals“, schnaubte Brass. „Das ist *meine* Paarung, nicht ihre und jede Einmischung, wo sie, oder du, nicht erwünscht ist, wird nicht toleriert.“

Liam musste zugeben, dass die eiskalte Art seines Gefährten, Geschäfte zu erledigen, ihn anmachte. Es war so leicht zu vergessen, dass sein Gefährte nicht nur ein verklärter Buchhalter war, sondern auch ein Soldat und Gerüchten zufolge ein Auftragskiller. Aber daran, wie er Dinge vom Schreibtisch aus behandelte, konnte man erkennen, dass er auf dem Feld genauso tödlich sein konnte wie im Büro. Ruhig, kühl und gesammelt, auch wenn er jemanden bedrohte.

„Ich werde es sie wissen lassen.“ Francis verneigte sich vor Brass.

„Ich werde das Dokument holen, damit du dich auf den

Weg machen kannst“, sagte Brass ihm und verließ das Zimmer, Liam allein mit ihm zurücklassend.

„Ich bin froh, weißt du, dass Brass jemanden gefunden hat“, sagte Francis mit schmalen Lippen. „Ich wünschte nur, er hätte jemanden in seinen eigenen Reihen gefunden. Nicht irgendeinen formwandelnden Vogel.“

„Du solltest wirklich lernen, dich in Gegenwart von Wandlern zu benehmen“, warnte Liam. „Bei dem falschen Rudel wären deine Worte deine letzten gewesen. Wandler handeln instinktiv und schützen ihre Familien.“

„Nun, Brass ist jetzt deine Familie und –“

„Und jeder, der sich gegen unsere Vereinigung stellt, wird eine böse Überraschung erleben, mit *meinen* Klauen und seinen Eingeweiden“, grummelte Liam dunkel und ließ sein Tier durch seine Augen schimmern, so dass Francis keinen Zweifel daran haben würde, dass Liam jedes Wort meinte.

„Bezaubernd …“ Francis drehte sich um und versuchte wahrscheinlich zu verbergen, wie blass er geworden war.

„Hier sind die Kopien des Vertrags“, sagte Brass, als er mit zwei Ordnern hereinkam. „Ich habe die Wörter so geschrieben, dass sie nicht manipuliert werden können.“

„Die Wörter?“, fragte Liam neugierig.

„Ein kleiner Zauber“, erklärte Brass. „Mein Urgroßvater hat ihn mir vor vielen Jahrhunderten beigebracht. Er ist sehr nützlich. Dieser Zauber stellt sicher, dass das Originaldokument immer erkennbar ist und verhindert, dass Leute es in irgendeiner Weise verändern.“

„Sehr gut.“ Francis steckte die Akten in seine Aktentasche. „Dann sage ich Ihnen Lebewohl. Oh, ich hätte es fast vergessen. Ihre Mutter hat mir Teile Ihrer Garderobe vom Familiensitz mitgegeben. Von dem, was sie von Ihrer Flucht gehört hat, hat sie angenommen, dass Sie sie brauchen könnten."

* * * *

„Ich habe gehört, dass er eine wirkliche Nervensäge war", sagte Damian, während er die Nudelsoße in einem der Töpfe auf dem Herd rührte.

„Er war ernsthaft nervig", stimmte Jace zu. „Alles, was er gesagt hat, ist mir nur auf die Nerven gegangen."

„Nun, jetzt weißt du, was die meisten Leute von dir halten." Kett schlug seinem Freund auf den Rücken.

„Leck mich", grummelte Jace.

„Warum? Hat Link noch nicht gelernt, gut genug zu lecken?" Kett kicherte.

„Zumindest hat *mein* Gefährte mir noch keinen Stromschlag verpasst", schoss Jace zurück.

„Ja … nun … das ist nur einmal passiert. Außerdem war es meine Schuld, weil ich … *diese Sache* gemacht habe, ohne Casey zuerst eine Warnung zu geben. Einen Hexenmeister zu überraschen ist eine Sache, die du nicht tun solltest … besonders nicht, wenn es dein Gefährte ist."

Brass grinste. Er war sich nicht ganz sicher, ob er diese Leute verstand, bei denen er jetzt ein Zuhause hatte, aber sie waren definitiv keine Langweiler.

Persönlich könnte er zwar auch darauf verzichten, ständig Leute beim Sex miteinander zu überraschen, aber ansonsten könnte er sich viel schlechtere Mitbewohner vorstellen.

„Also diese Papiere, die du unterschreiben musstest, sie waren so was wie ein Ehevertrag?“, fragte Damian Brass.

„Es gibt Ähnlichkeiten“, bestätigte Brass.

„Heißt das, dass ihr heiraten werdet?“ Kett grinste. „Weil, du weißt schon, ich wollte schon immer mal ein Blumenmädchen sein.“

Der Gedanke daran, dass sein Schwager den Kirchenvorraum in einem rosa Kleid entlangspazierte und Blumenblätter um sich warf, war beunruhigend.

„Für diese Papiere ist keine Heirat erforderlich. Eine Paarung wird an sich als eine viel festere Verbindung betrachtet, und daher werden Eheverträge als unnötig angesehen. Dies ist eher ein Vertrag zwischen mir und meiner Familie, der sagt, wo die Grenzen sind, was Finanzen und Verantwortung anbelangt.“

„Aber du hast deinen eigenen aufgesetzt, oder? Also, was stand in der ursprünglichen Version?“, fragte Damian laut.

„Grundsätzlich, dass wenn ich sterben würde, Liam keine Rechte an irgendwelchen meiner Hinterlassenschaften hätte, nicht einmal an meiner Kleidung, und sie müssten zu meiner Familie zurückgebracht werden“, erklärte Brass.

„Du verarschst mich.“ Kett starrte ihn an. „Ich meine, sterben ist in diesem Haus überhaupt nicht akzeptabel, aber wenn ich einen meiner Gefährten verlieren würde und jemand käme rein und würde alle Spuren entfernen … ah …, wenn ich nur daran denke, wird mir etwas mulmig zumute." Kett hatte tatsächlich einen leichten Grünton angenommen. „Ich werde sehen, ob ich Casey und Zane finden kann … Ich denke ernsthaft, dass ich jetzt eine Umarmung brauche", sagte Kett, als er fast aus dem Zimmer stolperte.

„Der Tod ist kein einfaches Thema", sagte Damian, als er sah, wie sein Freund den Raum verließ. „Ich hasse es selbst, darüber nachzudenken, aber ich habe einige Papiere unterschrieben, die sicherstellen, dass alles, was ich besitze, bei Timothy bleibt. Nur für den Fall."

„Man weiß nie, wann etwas passieren könnte." Brass schauderte bei dem Gedanken, seinen Gefährten zu verlieren oder dass Liam ihn verlor. Er würde sich selbst hassen, wenn er starb und Liam allein zurückließ. Brass wollte nicht, dass Liam sich jemals wieder verlassen fühlte. Nicht nach all den Monaten, die sie schon voneinander getrennt gewesen waren.

„Erzähl es aber nicht meinem Gefährten", bat Damian. „Ich möchte nicht, dass Timothy diese Art von Sorgen im Kopf hat. Soweit es uns betrifft, sind wir im vollen Umfang der Definition kugelsicher und unsterblich."

„Dein Geheimnis ist bei mir sicher", versprach Brass. „Wie lange dauert es noch, bis das Abendessen fertig ist? Ich fange an, mich hungrig zu fühlen."

Damian drehte sich zu ihm, um zu antworten, aber er schloss den Mund und lächelte stattdessen. Brass runzelte die Stirn und blickte zu der Stelle, auf die Damian seine Aufmerksamkeit gerichtet hatte.

Ein Ruck ging durch Brass' Körper beim Anblick seines Gefährten. Liam trug den schönsten schwarzen Anzug –

Armani, wie es aussah. Er hatte auch seine Haare zu einem Pferdeschwanz zusammengebunden, was ihm ein sehr elegantes und stylishes Aussehen verlieh; eines, das Sex-Appeal verströmte.

Es würde sich nicht sehr gut machen, wenn er sabberte, aber Brass lief auf jeden Fall das Wasser im Mund zusammen.

„Liam …“ Brass wusste nicht recht, was er sagen sollte. *Fick mich hart* war ziemlich weit oben auf der Liste, aber wahrscheinlich war das nicht die beste Bemerkung angesichts der anderen im Raum bei ihnen. Bis jetzt hatte Brass seinen Gefährten nur in Trainingshosen und Armeehosen gesehen.

„Ich hoffe, du bist noch nicht so hungrig“, sagte Liam und warf Brass einen Blick zu, der ihm sagte, dass sein Gefährte genau wusste, wie sehr er ihn beeindruckt hatte. „Ich dachte, wir könnten in die Stadt gehen und ein Essen genießen, nur wir beide.“

„Das würde mir gefallen.“ Brass grinste. Er hätte es vielleicht vorgezogen, etwas zum Mitnehmen zu bestellen und stattdessen den Abend im Schlafzimmer zu verbringen, aber es war lange her, dass er ausgegangen war. Außerdem hatte er auch einen seltsamen Drang, seinen Gefährten vorzuzeigen. Die Leute würden offensichtlich sabbern, wenn sie ihn sahen, aber dann hätte Brass das Vergnügen zu beweisen, dass er der Einzige war, der gut genug für Liam war.

Und wenn das die Bewerber nicht überzeugte … nun, dann würde er sie einfach töten müssen.

KAPITEL 9

„Scheiße …“, stöhnte Liam. „Hier ist nicht wirklich genug Platz.“

„Halt die Klappe, ich arbeite dran“, knurrte Brass, als er sich im SUV auf Liams Schoß setzte.

Er glaubte nicht, dass Vampire rollig werden konnten, aber Brass’ Körper spielte verrückt, seitdem er seinen Gefährten in diesem Anzug gesehen hatte. Er attackierte Liams Mund mit seinem und justierte den Sitz so weit wie möglich nach hinten. Sein Gefährte hatte Recht, es gab ihnen nicht viel mehr Platz, aber Brass brauchte auch nicht viel Platz zwischen ihnen. Er wollte seinen Gefährten reiten und ausgefüllt werden, aber sein Anzug würde das nicht zulassen und sich die Zeit zum Ausziehen zu nehmen war keine Option.

Liams Hände arbeiteten an einer anderen Option, als er Brass’ Schwanz aus seiner Hose holte und dann seinen eigenen.

Brass grollte, als er gegen seinen Gefährten stieß und spürte, wie sein pochender Schwanz an dem seines Gefährten entlangglitt. Es wurde nur besser, als Liam ihre beiden Schwänze packte und sie zusammenpresste.

„Oh Gott, ja.“

Liam gluckste. „Ich muss sagen, ich mag diese Seite von

dir, Liebling. Was ist in dich gefahren?“

„Leider nicht dein fetter Schwanz“, zischte Brass, als er hart in den Griff seines Geliebten stieß.

„Ich liebe es, wenn du schmutzige Sachen sagst“, schnurrte Liam, „ich will dich dann nur noch härter ficken.“

„Leck mich, du mit deinen verdammten Neckereien“, knurrte Brass. „Oder noch besser …“

Brass packte seinen Gefährten an seinem Pferdeschwanz und zog den Kopf des Mannes zur Seite, dann biss er zu.

Brass versenkte seine Zähne und nahm einen großen Schluck vom Blut seines Gefährten. Er könnte sich leicht voll trinken, aber sein Unterbewusstsein erinnerte ihn daran, dass es das Abendessen verderben würde, das sein Gefährte für sie geplant hatte.

Gerade als Brass sich zurückzog und die letzten roten Tropfen von seinen Lippen leckte, beschloss Liam, es ihm so gut wie möglich zurückzugeben und seine eigenen Zähne in Brass' Hals zu versenken. Der köstliche Stich von Liams Biss war zu viel für Brass und sein Schwanz ergoss sich auf Liams Hemd.

Brass konnte fühlen, wie sein ganzes Wesen vibrierte, als er seinen Orgasmus an seinen Gefährten geschmiegt ritt.

„Ich liebe die Art, wie du stöhnst“, schnurrte Liam gegen seinen Hals und leckte den Biss, damit er sich schloss.

„Ich liebe die Art, wie du mich zum Orgasmus bringst.“ Brass lachte, ein wenig außer Atem.

„Aber weißt du, wir sind gefährlich nah dran, zu spät zu unserer Reservierung zu kommen, und du hast gerade mein

Hemd ruiniert“, gluckste Liam und knabberte an Brass’ Ohrläppchen.

„Ich habe Ersatz mitgebracht.“ Brass grinste.

Liam sah ihn misstrauisch an. „Du hast das geplant?“

„Überhaupt nicht.“ Brass lächelte schelmisch. „Ich habe nur zufällig ein paar unserer Hemden in deinem Auto verstaut.“

Brass griff nach der Tasche, die er auf den Rücksitz geworfen hatte, und hielt inne. Stirnrunzelnd lehnte er sich auf Liams Schoß zurück.

„Du bist nicht gekommen?“, fragte Brass.

War er wirklich so weit dahin gewesen, dass er sich nicht einmal um seinen Gefährten gekümmert hatte?

„Ich habe mich zurückgehalten.“ Liam lachte leise.

„Nun, ich könnte …“ Brass griff nach seinem noch immer harten und pulsierenden Schwanz.

„Nein“, knurrte Liam und griff nach der Hand seines Gefährten, „Ich hebe es mir auf.“

„Was?“

„Zuerst werden wir ein schönes, gemächliches Abendessen genießen, uns vielleicht sogar ein oder zwei Nachspeisen teilen.“ Liams Lächeln war mehr als räuberisch. „Dann werden wir zurück nach Hause fahren und irgendwo auf dem Weg werde ich anhalten und dann werde ich dich auf der Motorhaube dieses Autos ficken bis du mindestens zwei weitere Male vor mir kommst, bevor ich dich ausfülle und von innen nach außen markiere.“

Brass war sicher, dass sein Gefährte seinen Verstand verloren hatte. „Aber du kannst nicht … Deine Eier werden blau … Warum willst du dir das antun?“

Liam gluckste und drückte Brass’ wiedererwachten Schwanz. „Bist du dir sicher, dass ich derjenige bin, der schlechter dran ist, Brass?“

* * * *

Liam wusste, dass es gemein war, was er seinem Gefährten angetan hatte, aber er konnte einfach nicht anders. Er liebte es, seinen normalerweise so beherrschten Partner dazu zu bringen, seine Gelassenheit zu verlieren. Liam litt natürlich auch, aber offen gesagt … verglichen mit den Monaten, in denen er versucht hatte, seine Paarungshormone in Schach zu halten, war das Unbehagen gering.

Er gluckste, als Brass seine zweite Portion eines doppelten Scotchs hinunterkippte.

„Leck mich“, brummte Brass, als er sich unbehaglich auf seinem Stuhl bewegte.

„Ich habe es dir ja gesagt“, erinnerte Liam ihn, „es wird kein … Lecken und Ähnliches geben bis nach dem Abendessen.“

„Du genießt das viel zu sehr.“ Sein Gefährte verdrehte vorwurfsvoll die Augen.

„Ziemlich wahrscheinlich.“ Liam grinste.

Der Kellner kam und sammelte ihre Teller ein. „Würden Sie gerne die Dessertkarte sehen?“

„Ja, ich glaube, wir haben noch Platz für etwas Süßes“,

antwortete Liam für sie beide.

Liam bekam den Schokoladenfondant und Brass die Birnen in Brandy. Unfähig, sich davon abzuhalten, machte Liam eine Show daraus, seinen Nachtisch so langsam wie möglich zu essen, selbst wenn es bedeutete, die Schokolade aushärten zu lassen.

Sein Spiel war vielleicht ein wenig zu weit gegangen, da Brass' Fuß irgendwie seinen Lederschuh verloren hatte und seinen Weg zu Liams innerem Oberschenkel fand.

„Was machst du da?“, fragte Liam seinen ungezogenen Gefährten.

„Ich habe keine Ahnung, wovon du redest“, sagte Brass unschuldig; sein Gesicht verriet nichts.

Brass' Fuß rutschte näher zu seinem verhärteten Ständer und Liam spürte seinen Löwen den Kopf heben. Es schien, als ob sein Gefährte und sein Löwe zusammenarbeiteten, um ihn verrückt zu machen. Sein Löwenteil konnte einfach nicht verstehen, warum er nicht schon auf seinem sehr heißen und willigen Gefährten lag.

Liam begann, mit seinem Tier zu fühlen. Der Löwe hatte recht. Er bedeutete dem Kellner, ihnen ihre Rechnung zu bringen.

Er hatte sich geschlagen gegeben, was, wie das schlecht verhohlene Siegeslächeln von Brass ihm sagte, für den völlig in Ordnung war.

Der Kellner kam und legte die Rechnung vor Brass, aber Liam wollte nichts davon wissen. Er war derjenige, der seinen Gefährten zum Essen eingeladen hatte und er würde für das Essen bezahlen. Er griff nach der schwarzen Mappe, hielt aber inne, als er das gefaltete weiße Papier darunter sah.

Brass runzelte die Stirn und hob es auf. Er schnaubte, als er das Gekritzel auf dem Papier las.

Liam unterdrückte ein Knurren. „Was ist das?"

Brass öffnete seinen Mund, um zu antworten, schien aber seine Meinung zu ändern, als er den dunklen Ausdruck auf Liams Gesicht sah. „Nicht erwähnenswert."

„Er hat dir seine Nummer gegeben, oder?", stieß Liam hervor. Er wusste, dass das der Fall sein musste und er wollte den unverschämten Ficker vernichten, weil er dachte, dass er gut genug für seinen Brass war.

„Liam", sagte Brass mit einer Stimme, die ihn beruhigen sollte.

Erst jetzt wurde Liam klar, dass er seine Hände so fest geballt hatte, dass seine Knöchel weiß hervortraten. Er zwang sich, sie zu öffnen und holte tief Luft. Er bezahlte den genauen Betrag für ihr Essen. Auf keinen Fall würde er dem kleinen Scheißer Trinkgeld geben, der seinen Gefährten angebaggert hatte.

Der Kellner kam zurück, um das Geld zu nehmen und sah zögerlich aus, als er diesmal die schwarze Mappe vor Liam liegen sah. Liam tat sein Bestes, um sein Tier nicht ausbrechen zu lassen, aber nach dem schnell erbleichenden Kellner zu urteilen, der mit einer zittrigen Hand das Geld nahm, war Liams Blick so wild gewesen, dass der Mann es bereuen musste.

Liam konnte die Angst des Mannes in der Luft riechen. Es beruhigte seinen Löwen, aber Liams unterdrückte eifersüchtige Wut hatte ihn nicht ganz davon überzeugt, dass der Kellner nicht doch geschreddert werden musste.

Der Mann zog sich schnell zurück und murmelte einige Worte darüber, dass er hoffte, dass sie ihr Essen genossen hatten. Liam bemerkte, dass der Mann darauf achtete, überhaupt nicht in Brass' Richtung zu schauen, und am Ende war es wahrscheinlich das, was ihm das Leben gerettet hatte.

Liam hatte diese Art von Eifersucht noch nie zuvor gespürt. Während seiner Rolligkeit hatte er jeden angeschnauzt, der Brass zu nahe kam, aber seine Familie verstand die Gefahren eines frisch verpaarten Wandlers. Dies war anders. Jetzt, da die Rolligkeit vorbei war, hatte er erwartet, dass seine Eifersucht nachlassen würde, aber er hatte immer noch Wut auf unverpaarte Männer in der Nähe seines Gefährten, und sie kochte hoch.

„Alles in Ordnung?", fragte Brass ihn.

Liam atmete noch einmal tief durch. „Ja, allmählich schon. Das ist etwas gewöhnungsbedürftig."

„Ich kann es mir vorstellen." Brass lächelte ihn an. „Ich glaube, ich habe da aber eine Idee, bei der du dich besser fühlen wirst."

Liams Interesse war geweckt.

KAPITEL 10

Brass ging zum Ausgang, aber anstatt die Tür zum Parkplatz zu benutzen, stellte er sicher, dass der Kellner, der ihm seine Nummer untergeschoben hatte, zusah, wie er Liam in die Toilette des Restaurants zog.

Es war mitten in der Woche, so dass es so spät am Abend nicht viele Leute im Restaurant gab, die sie möglicherweise entdecken konnten. Obwohl, Brass war sich nicht sicher, ob es ihn interessiert hätte, selbst wenn sie erwischt worden wären.

Er hatte Liam seinen Plan nicht erzählt, aber sein Löwengefährte verstand in dem Moment, in dem Brass ihn hineingezogen hatte und übernahm, indem er Brass gegen die Wand drückte und seinen Mund eroberte. Liam wusste, was er wollte, und Brass war mehr als ein bisschen geneigt, sich erobern zu lassen.

Brass hielt seinen Gefährten zurück, als Liam seinen Gürtel aufschnallte. Hungrige Augen trafen seine und Brass lächelte, deutete mit dem Kopf zur nächsten Toilettenkabine. Wahrscheinlich würden sie gehört werden, wenn nicht von den anderen Gästen, dann sicherlich von den Angestellten, die dort arbeiteten. Das bedeutete nicht, dass Brass den Leuten ein kostenloses Ticket geben wollte, ihre Arsche zu begaffen, wenn sie hereinkamen, um die Störung zu überprüfen. Es waren schließlich nur gute Manieren, Bescheidenheit vorzutäuschen.

Liam riss die Tür in seiner Eile fast aus den Angeln, und das Holz knarrte bei der energischen Behandlung. Während er rückwärts in die Kabine ging, konnte Brass den Löwen sehen, der ihn durch Liams Augen anstarrte, hungrig nach Aufmerksamkeit, und Brass musste sich fragen, welcher Teil seines Gefährten gerade das Kommando hatte – der Mann oder das Tier.

Sie passten kaum in die Kabine, als Brass hinter seinen Gefährten griff, um die Tür zu schließen, aber sie hatten mehr Platz als im Auto und ehrlich gesagt, sie brauchten nur genug Platz, um Liam einige ordentliche Stöße zu ermöglichen.

Brass schloss ab, kurz bevor Liam begann, seine Hose herunterzuschieben. Liam griff in seine Boxershorts und umfasste Brass' Schwanz, ließ ihn zischen, als die Berührung ihn zum Pulsieren brachte. Er war bereits erregt und Liam machte es nur schlimmer – oder besser, je nachdem, wie man es betrachtete. Liam pumpte ihn ein paar Mal, bevor er seinen Griff lockerte und Brass drehte, so dass er mit dem Gesicht zur Wand stand.

Brass spreizte instinktiv seine Beine, um seinem Gefährten den richtigen Zugang zu bieten, und benutzte den hinteren Teil der Toilette, um sich abzustützen. Brass hielt ein Stöhnen zurück, als er spürte, wie Liams krallenbewehrte Hände seinen Arsch packten.

„Ich habe das Gleitmittel im Auto gelassen“, sagte Liam zu ihm, während er seine Zähne gegen Brass' Hals rieb und leicht zubiss, ohne seine Fangzähne zu benutzen.

„Ich bin nicht zerbrechlich“, sagte Brass zu seinem Gefährten. Gleitmittel oder nicht, auf gar keinen Fall würden sie jetzt auf die Bremse treten. Um seine Entschlossenheit zu beweisen, schob Brass seinen Arsch zurück, um gegen die Härte seines Gefährten, die immer noch in der weichen Hose seines teuren Anzugs versteckt war, zu reiben.

Liam knurrte und Brass würde sich nicht wundern, wenn sein Gefährte gerade seine eigene Hose zerfetzt hatte, um schneller an ihn heranzukommen, denn einen Moment später drang Liam ein.

Brass biss in seine Lippe. Es war ein harter Ritt, aber er brauchte es, dass der Akt Spuren hinterließ. Liam brauchte es. Außerdem hatte Brass nichts dagegen, wenn er am Ende wund sein würde. Er genoss das sanfte, langsame Liebesspiel, das sie vollführten, wenn Liam wusste, dass er sich Zeit lassen musste, aber er hatte auch die Rauheit genossen, die dem vorangegangen war.

Er konnte spüren, dass Liam sich zurückhielt, aber der Griff, mit dem er Brass’ Arsch festhielt, sagte ihm auch, dass er nicht mehr viel länger in der Lage sein würde, sich zurückzuhalten.

„Wenn du mich willst, nimm mich richtig“, drängte Brass seinen Gefährten und zog seine Muskeln um dessen dicken Schwanz zusammen.

Liam knurrte und biss in seinen Hals, als seine Stöße intensivier wurden.

Wäre er ein Mensch gewesen, hätte Liam ihm die Luft aus seinen Lungen gestoßen, als Liams kräftige Schenkel gegen seine schlugen und er sich mit jedem Stoß tiefer in ihn drängte. Jeder Stoß streifte seinen Hot Spot. Brass konnte fühlen, wie sich sein Orgasmus rasch näherte und kurz bevor Brass glaubte, er könnte die Kontrolle verlieren, ertönte ein leises Klicken, das beide erstarren ließ.

Jemand hatte das Schloss an der Toilettenkabine geöffnet, und von ihnen beiden, die dazu in der Lage waren, es von innen zu öffnen, war keiner dafür verantwortlich.

Brass konnte fühlen, wie sich Liams Krallen weiter in seine Hüften bohrten … schade, dass er es nicht genießen konnte. Liam gab ein dunkles, bedrohliches Geräusch von sich, das durch seinen ganzen Körper zu vibrieren schien. Einschließlich des Teils, der noch in Brass steckte.

Die Tür der Kabine knarrte, als sie aufschwang.

Brass schauderte, als er die Ursache für den Spuk entdeckte.

Draußen waren die zwei Leute auf der Welt, die er am wenigsten sehen wollte … noch weniger als seine Mutter und ihren schlaksigen Butler.

„Nun, du versauter Hurensohn." Daniel grinste ihn an. „Ich dachte, du wärst so steif und trostlos wie die Anzüge aus dem letzten Jahrhundert, die du so gerne trägst, und dann finde ich raus, dass du es dir in meinem Lieblingsrestaurant von hinten besorgen lässt. Wer hätte gedacht, dass du so viel mit meinem Shamus gemeinsam hast?"

Brass sah, wie Shamus die Augen verdrehte, weil sein Gefährte so offensichtlich glotzte. Es war komisch, dass das schmierigste kleine Wiesel, dem Brass jemals zu seinem Missfallen begegnet war, sich als die reifere Hälfte in einer

Paarung herausstellte.

Es war ziemlich beunruhigend.

Liam zog sich langsam aus Brass zurück und obwohl sie ihre Voyeure nicht unterhalten wollten, konnte Brass den Seufzer nicht unterdrücken, weil er die physische Verbindung mit seinem Gefährten verlor. Sie zogen sich schnell an, wollten vor dem Feind nicht so entblößt sein.

„Diese Explosion, die du ausgelöst hast, hat ziemlich viel Ärger gemacht. Du hast die Hälfte deines Büros weggeblasen“, sagte der Hexenmeister, während er sie musterte. „Weißt du, wenn ich nicht so enttäuscht von dir wäre, Brass, hätte ich eine Nacht voller Ausschweifungen zwischen uns vieren vorschlagen können. Ich würde zu gerne sehen, wie locker dein tierischer Mann dich gemacht hat.“

Brass hatte kaum die Chance, den Ausdruck von Entsetzen auf Shamus’ Gesicht zu registrieren, bevor Liam mit einem Brüllen in seine Triferus-Form wechselte und auf den blonden Hexenmeister losging.

„Liam, nein!“, schrie Brass, aber es war zu spät.

Daniel hatte den Löwen geködert und legte mühelos seine Hand um Liams Hals. Der Triferus kämpfte, schien aber hilflos im Griff des Hexenmeisters zu sein, und mit einem weiteren dunklen Kichern umhüllte Liam ein ominöses Leuchten.

„Hör auf damit!“, schrie Brass und geriet in Panik, als sein Gefährte vor Schmerzen brüllte.

Er stürzte sich auf den Hexenmeister, der seinen Gefährten quälte, doch mit einer Handbewegung von Daniel wurde Brass gegen die Wand auf der anderen Seite des Raumes geworfen. Beim Aufprall zerbrachen einige Fliesen.

Er kämpfte gegen den Drang, sich zu übergeben, weil er mit dem Kopf gegen die Wand geschlagen war, und stürzte sich auf die einzige andere Person in dem Raum ohne magische Kräfte.

Als er Shamus angriff, riss Brass ihm die Hälfte seiner Kehle raus, bevor der entartete Vampir reagieren konnte.

„Shamus!“, rief Daniel und warf Liam, der scheinbar bewusstlos geworden war, zu Boden.

Voller Wut richtete Daniel seine Aufmerksamkeit auf Brass. Als er den Beginn der blauen Flammen erkannte, die seine Seele versengt hätten, murmelte Brass eine Beschwörung, die sein Urgroßvater ihm beigebracht hatte.

Die Flammen zischten wie Schlangen um ihn herum, aber sie erreichten ihn nicht.

„Wenn du Shamus retten willst, dann musst du mich und Liam gehen lassen.“

Shamus fing an, weniger gurgelnde Geräusche zu machen, als sein Puls langsamer wurde. Er würde nicht viel länger ohne eine ernsthafte Heilung und eine reichhaltige Bluttransfusion durchhalten. Brass konnte nur hoffen, dass Daniels Verbundenheit mit dem sterbenden Vampir stärker war als sein Groll.

Für eine Sekunde dachte Brass, Daniel wäre der Einzige, der das Restaurant lebend verlassen würde.

„Gut“, zischte Daniel durch zusammengebissene Zähne. „Nimm deinen Gefährten und geh!“

„Sag die Worte!“, verlangte Brass. Er würde sich nicht den Kopf in der Sekunde abschneiden lassen, in der er ihm den

Rücken zukehrte.

Daniel klang wütend, als er die *Worte* aussprach. Sie waren wie ein Flüstern, das ein unsichtbares Seil um ihn legte. Und sobald Brass spürte, dass es wirkte, rannte er zu Liam, gerade als Daniel zu Shamus rannte.

Brass beeilte sich und hob Liam vom Boden hoch und auf seine Schulter. Liam war größer als er, vor allem da er noch in seiner Triferus-Gestalt war, was es schwierig machte, ihn zu tragen, aber er konnte nicht darauf warten, dass sein Gefährte aufwachte und selbst ging. Abgesehen davon, dass Liam ein bisschen größer war, war Brass noch immer sehr stark.

Daniels Beschwörung war immer noch in Kraft, aber wie lange würde Daniel, nachdem er Shamus' Kehle verschlossen hatte, warten, bevor er nach Unterstützung rief? Der Zauber verhinderte nur, dass Daniel selbst sie verletzte, sonst niemand. Wenn die Liga der Schergen des Hexenmeisters auftauchte, wären Liam und Brass tot.

Brass schaffte es, sie dorthin zu bringen, wo das SUV geparkt war, ohne gesehen zu werden. Wie er es schaffte, war er sich nicht sicher, aber er würde es nicht in Frage stellen. Er verschwendete keine Zeit, ehe er das Autofenster einschlug, da er keine Ahnung hatte, wo die Schlüssel gelandet sein könnten. Der Alarm war ein Problem, aber er öffnete die Rücksitztür und schob seinen Gefährten hinein, bevor er auf den Fahrersitz sprang.

Es war fast sieben Jahre her, seit Brass ein Auto kurzschließen musste. Zum Glück machte ihm das SUV nicht zu viel Ärger. Die Vorgehensweise war immer noch die gleiche, und sobald er die richtigen Kabel hatte, startete das Auto beim ersten Mal, als er sie aneinander hielt.

Brass raste vom Parkplatz und hoffte, dass sie nicht in eine Verfolgungsjagd mit der Polizei geraten würden. Er musste es riskieren. Er hatte keine Zeit gehabt, nach seinem Gefährten zu sehen, wusste nur, dass er atmete, aber Liam wachte nicht auf.

Daniel hätte ihm mit seiner Magie alles antun können.

Dankbar, dass er sein Handy immer in seiner Innentasche hatte, zog er es heraus und rief Jorgens an.

„*Hallo, Sie haben Cat's Fancy erreicht, an wen kann ich Ihren Anruf weiterleiten?*“, ertönte Solomons Stimme.

Cat's Fancy? Keine Zeit.

„Daniel war in dem Restaurant, in dem wir waren. Es gab eine Auseinandersetzung. Liam ist … er ist … Fuck! Ich weiß es nicht, er ist ausgeknockt. Daniel hat etwas mit ihm gemacht.“

Brass wollte sich immer noch übergeben, aber im Moment konnte er nicht sagen, ob es wegen der möglichen Gehirnerschütterung oder dem puren Schrecken war, nicht zu wissen, ob Liam in Ordnung war.

„*Scheiße. Wie weit seid ihr weg?*“

„Ich fahre so schnell ich kann, aber es wird mindestens noch zwanzig Minuten dauern, bis ich zu den Toren komme.“ Brass spürte die Anspannung in seiner Stimme.

Er konnte sich an keinen einzigen Moment in seinem Leben erinnern, an dem er so verängstigt gewesen war wie jetzt.

„*Ich hole Jace, und wir treffen uns am ersten Tor. Denk daran, langsam genug zu fahren, damit Jace ins Auto steigen kann*“, wies

Solomon ihn an. „*Ich werde folgen, nachdem ich das Tor verriegelt habe.*"

„Ja. Ja, das ist gut. Und Casey, er soll uns im Herrenhaus treffen. Er könnte uns vielleicht einen Einblick geben, was zur Hölle Daniel heute Abend vorhatte."

„*Ich werde ihn sofort holen*", versicherte der Sorena ihm. „*Wirst du verfolgt?*"

„Nein, das glaube ich nicht", antwortete Brass. „Ich habe Shamus verletzt und Daniel zu dem Versprechen gezwungen, uns gehen zu lassen."

„*Du hast ihn gezwungen, ein Versprechen zu geben?*" Solomon klang skeptisch.

„Es war etwas komplizierter als das", gestand Brass. „Bring Jace einfach zum Tor."

Brass stellte das Telefon ab, bevor der Sorena noch etwas sagen konnte und konzentrierte sich auf die Straße. Er überprüfte regelmäßig den Rückspiegel auf Anzeichen dafür, dass Scheinwerfer auf ihn gerichtet waren, obwohl er mehr darauf bedacht war, die langsame Bewegung von Liams Brust zu sehen.

Er konnte nur hoffen, dass Daniels Attacke erschrecken und nicht töten sollte. Der Angriff sah gar nicht so aus, wie er es bei den Hexenmeistern auf dem Anwesen gesehen hatte. Er war mit den blauen Flammen vertraut, aber Liam war von einem mystischen Schein bedeckt gewesen, als hätte jemand seinen ganzen Körper in leuchtende Farbe getaucht und die Lichter ausgeschaltet.

Zum Glück hatte Brass ein paar Tricks im Ärmel, aber er verfügte nur über wenig echte Magie. Sein Urgroßvater hatte ihm eine Handvoll Zaubersprüche beigebracht, genug, um ihn vor körperlichen und finanziellen Schäden zu bewahren. Einer war der Zauberspruch, den er nur als die *Wörter* kannte. Er hatte mehr Nutzen als nur die Sicherung von Verträgen. Er wurde als eine Form des Bindezaubers betrachtet, der bei Verträgen permanent funktionierte, da die Beschwörung in das Papier selbst eingeätzt wurde, konnte aber auch vorübergehend bei Personen angewendet werden, damit sie ihren Worten tatsächlich treu blieben. Einer der anderen Zaubersprüche, die er kannte, war derjenige, der die Magie ablenkte und hätte er schneller reagiert, als Liam den Hexenmeister angriff, wäre Brass vielleicht in der Lage gewesen, Daniels Zauberspruch gegen Liam zurückzuweisen.

Wenn sich herausstellte, dass Liam einfach bewusstlos geschlagen worden war, würde Brass ihm ordentlich den Arsch aufreißen, weil er so voreilig gehandelt hatte. Hoffentlich war das der Fall. Die Alternative … war viel zu schrecklich um auch nur daran zu denken.

* * * *

Vor dem Tor musste Brass sich daran erinnern, langsamer zu werden. Er wollte Liam so schnell wie möglich in den medizinischen Bereich bringen, aber er brauchte Jace, und der stand am geöffneten Tor bereit. Zumindest war der Rudel-Doktor für Geschwindigkeit gebaut und Brass musste nur für eine Sekunde oder so langsamer werden, damit der Doktor zu

Liam auf den Rücksitz springen konnte.

„Erzähl mir alles, was du gesehen hast“, befahl Jace ihm, während er begann, Liams Vitalwerte zu überprüfen. Brass konzentrierte sich halb auf die Straße und halb auf Jaces Aktionen.

Der Schneeleopard nahm eine kleine Lampe und leuchtete Liam in die Augen –

„Brass!“, rief Jace.

Während er sich zusammenriss, erzählte Brass alles, was nach dem Stelldichein auf der Restauranttoilette bis zu seinem Anruf bei Jorgens geschehen war.

„Er scheint nicht auf das Licht zu reagieren, aber es gibt eine anormale Menge an REM“, informierte Jace ihn, „fast so, als ob er in einem schlechten Traum stecken würde.“ Schlief Liam?

Brass versuchte, sich an alles zu erinnern, was er über schnelle Augenbewegungen wusste, aber seine Gedanken waren wie leergefegt. Tatsächlich schien seine gesamte Zeit als Rettungssanitäter aus seinem Gedächtnis verschwunden zu sein. Selbst seine Erinnerungen an Damian während dieser Zeit schienen verschwommen. In der Tat fühlte sich so ziemlich alles unklar an.

Brass konnte sich nicht erinnern, das zweite Tor passiert zu haben, aber plötzlich hielt er hinter dem Herrenhaus in der Nähe der Krankenstation an. Als er den Motor abstellte, bemerkte Brass, dass er schwitzte … und fror. Er öffnete die Autotür, um auszusteigen, hielt aber auf halbem Weg inne.

Er glaubte, dass er Jace mit ihm reden hören konnte, aber als er versuchte, die Worte zu verstehen, schmerzte sein

Kopf. Brass zog sich langsam aus dem Auto. Schließlich brauchte Liam ihn. Er konnte jetzt nicht aufhören.

Er erschrak, als Jace vor ihm auftauchte und mit der Lampe in seine Augen leuchtete.

„Hör auf …“, begann Brass und wich zurück, aber er würgte, als eine Welle der Übelkeit erneut über ihn hinwegfegte.

„Brass, hör mir zu“, kamen Jaces Worte zu ihm durch. „Ich glaube, du hast eine Gehirnerschütterung.“

„Liam …“ Brass wollte seinen Kopf schütteln, aber eine leichte Drehung seines Kopfes erinnerte ihn daran, dass das wahrscheinlich keine gute Idee war.

„Maddox und Zane haben ihn schon hineingetragen, Casey ist bei ihnen. Wir werden uns ihnen anschließen“, sagte Jace und stützte ihn, als er begann, ihn zum Gebäude zu führen, „schön langsam.“

Brass fühlte sich schrecklich. Liam war derjenige, der Hilfe brauchte, nicht er. Er hatte Mühe, die Worte zu finden, um Jace dies zu sagen, und vielleicht war das auch gut so. Brass musste da sein, wo Liam war, und in diesem Zustand war er nicht sicher, ob er seinen Weg finden würde.

Nach gefühlten Jahren befand sich Brass bei Liam im Krankenzimmer. Sein Verstand hatte ihm wohl Streiche gespielt, da er auf dem Bett neben Liam saß und Casey sich leise mit Jace unterhielt.

Liam war an einen Herzfrequenz-Monitor angeschlossen, der in einem gleichmäßigen Rhythmus piepte, was zugleich beruhigend und ärgerlich war.

„Ist er okay?“, fragte Brass.

„Brass, bist du bei uns?“, fragte Jace, als er herüberkam, um neben ihm zu stehen und das dämliche Licht wieder in seine Augen zu halten.

„Natürlich bin ich das.“ Brass runzelte die Stirn. „Wo sollte ich sonst sein?“

„Du hast so dagesessen und Liam fast eine Stunde lang angestarrt“, sagte Jace zu ihm. „Du hast nicht einmal reagiert, als ich Blutproben von dir genommen habe.“ War er wirklich so weggetreten gewesen?

„Gehirnerschütterung?“

„Wir denken das, zusammen mit einem guten Schock“, bestätigte Jace, „aber das Kopftrauma hat bereits begonnen, sich selbst zu heilen, da du vor kurzem getrunken hast, also solltest du dich in ein paar Stunden wieder wie du selbst fühlen.“

„Du hast meine Frage nicht beantwortet“, erinnerte sich Brass und spürte, wie ihm die Kälte über den Rücken lief.

Er betrachtete den ortsansässigen Hexenmeister. „Casey? Du weißt, was für ein Zauberspruch das war, oder?“ Casey sah nicht so aus, als hätte er gute Nachrichten.

„Ich weiß es nicht“, sagte Casey zu ihm. „Ich hatte ein paar Vermutungen, aber sie treffen nicht zu.“

„Treffen nicht zu?“, stieß Brass hervor und versuchte, die wachsende Wut zurückzuhalten. „Was zum Teufel soll das heißen?“

„Du musst dich wirklich beruhigen“, befahl Jace in einem harten Tonfall. „Du heilst, was bedeutet, dass du noch nicht geheilt bist. Ich weiß nicht, was mit Liam los ist, Casey auch nicht, aber er fragt bei seiner Familie nach.“

Brass fühlte sich verloren. „Er wird wieder in Ordnung kommen, oder?“

Casey ging zu ihm und legte seine Hände auf seine Schultern, um sicherzugehen, dass er Blickkontakt mit ihm hatte. „Ich werde alles tun, um herauszufinden, was mit Liam los ist. Du kannst mir dabei vertrauen, denn er ist nicht nur dein Gefährte, er ist auch mein Schwager. Der ältere Bruder meines Partners. Du kannst darauf vertrauen, dass ich alles tun werde, um zu helfen.“

Brass nickte. Ja, Casey würde tun, was er konnte. Brass bezweifelte das nicht, aber was, wenn es nicht genug war?

KAPITEL 11

Brass schäumte vor Wut.

Wenn dieser großmäulige kleine Scheißer dachte, er könnte Liam in seinem jetzigen Zustand verlassen, irrte er sich sehr. Brass war es scheißpupsegal, dass der verdammte Schneekater seine Periode oder Rolligkeit oder was auch immer hatte.

Liam hatte monatelang gewartet, bis Brass endlich zu ihm kam, da konnte Jace wenigstens für ein paar Tage ohne einen Schwanz in seinem Arsch auskommen.

Sogar durch die Tür hörte Brass das Stöhnen und Ächzen und das Klopfen eines Bettes gegen die Wand. Die Geräusche konnten Brass' Wut nicht lindern. Die Tür war verschlossen, als Brass nach dem Türknauf griff.

Als ob das irgendwas nützen würde.

Teile des Schlosses blieben immer noch am Türrahmen hängen, als Brass es aufriss.

Jace stieß bei der Unterbrechung einen sehr unmännlichen Quietscher aus, gefolgt von einem viel bedrohlicheren Fauchen.

„Was zum Teufel?", fluchte Link. „Raus, verdammt."

Brass ignorierte ihn und zog den Schneeleoparden an der Kehle vom Schoß des Mannes weg, Jaces Krallen ignorierend, die sich in seine Arme gruben.

Nachdem er den Arzt gegen die Wand gedrückt hatte, fauchte Brass Jace an: „Liam liegt im Koma. Deine Aufgabe ist es, auf das Rudel zu achten und er ist ein großer verdammter Teil davon. Stattdessen bist du hier, um mit deiner Drogendealer-Hure von einem Gefährten rumzuficken!"

Brass wusste, dass das nicht fair war, aber im Moment war es ihm egal. Sein Gefährte war krank und niemand schien etwas dagegen zu unternehmen.

Link packte ihn am Arm und versuchte, Brass von seinem Gefährten wegzureißen, aber als Mensch war er eindeutig benachteiligt. Brass warf seinen Arm zurück und Link flog über das Bett und auf den Boden am anderen Ende.

Fell begann unter Brass' Hand zu wachsen, als sich Jace in seinen Triferus verwandelte. Mit seiner gesteigerten Größe und Stärke gelang es Jace, die Hand zu lösen, die seine Kehle bedeckte.

Brass spürte, wie seine Fangzähne lang wurden, und richtete seinen Blick auf Jaces Kehle. Wenn Link nicht diesen Moment gewählt hätte, um ihn von der Seite zu rammen, hätte Brass ein Stück vom Fleisch des Wandlers herausgerissen.

Brass versuchte zu kämpfen, als die beiden nackten Männer ihn zurückhielten, aber er fühlte sich mehr und mehr ausgelaugt.

„Beruhige dich!", knurrte Link ihn an, während er sich bemühte, von Brass' umherschwingenden Armen nicht wieder durch die Luft geschleudert zu werden.

„Es tut mir leid!", schrie Jace ihn an. „Es tut mir so leid, Brass. Ich habe nicht nachgedacht. Jetzt beruhige dich bitte."

„Du bist ein gottverdammter Arzt.“ Brass musste die Worte herauspressen. Er war außer Atem vom Kämpfen und er … weinte.

„Ich weiß, Brass, ich habe nicht nachgedacht. Aber es wird alles gut“, beharrte Jace. „Ich schwöre bei allem, was ich habe. Liam wird wieder okay sein.“

„Das kannst du nicht wissen.“ Brass versuchte den Zusammenbruch zu verhindern. „Er wacht einfach nicht auf. Was ist, wenn er Schmerzen hat?“

Seit dem Vorfall im Restaurant waren neun Tage vergangen und Liam war immer noch nicht aufgewacht.

„Ich weiß es“, beharrte Jace. „Sag mir, glaubst du wirklich, dass Sol nicht in dieser Sekunde am Telefon ist und Leuten verbal den Arsch aufreißt, um Antworten zu kriegen und damit droht, das Verbale in die Tat umzusetzen, wenn die Leute ihre Köpfe nicht aus dem Arsch ziehen? Und Casey ist auch dran, er ruft jeden in seiner Familie an, von dem er glaubt, dass er ihm vertrauen kann. Wir werden Antworten bekommen, Brass. Es ist nur eine Frage der Zeit.“

Link und Jace ließen Brass los.

Er wischte die paar vereinzelten Tränen weg, die er finden konnte. Brass hatte alle Gründe auf der Welt, aufgewühlt zu sein, aber er hasste es, Leute Zeuge davon werden zu lassen. Er atmete ein paar Mal tief durch, bevor er wieder aufstand.

„Ich hasse es, dich das zu fragen“, wandte sich Brass an Link, der glücklicherweise inzwischen seine Boxershorts gefunden hatte, „aber gibt es irgendwas, das du zusammenbrauen kannst, um den Schmerz zu lindern, den

Liam fühlen könnte?“

„Nichts, das ich wagen würde, ihm zu geben, während er unter magischem Einfluss steht. Selbst ohne die Magie würde meine Art von Medikamenten wahrscheinlich mehr Schaden anrichten, als ihm zu helfen. Die, von denen wir wissen, dass sie sicher sind, bekommt Liam schon.“

Brass verstand, aber er konnte nicht anders als zu glauben, dass trotz der Größe des Rudels, wie es jetzt war, alle hier ziemlich nutzlos waren.

„Hast du versucht, mit ihm ins Bett zu steigen?“, fragte Jace, als er seine Jeans hochzog.

„Oh, das sieht dir ähnlich, zu einem solchen Zeitpunkt – “, begann Brass mit einem spöttischen Lächeln.

„Ich meine nicht Sex“, unterbrach ihn Jace. „Nun … zumindest nicht als erstes. Ich meine, ich bin mir sicher, Liam würde nichts dagegen haben, aber er ist …“

„Mach schon!“, fauchte Brass ihn an.

„Ich weiß, es ist nicht das Gleiche, aber als Kett seine Gefährten traf, paarte er sich zunächst nur mit Zane. Casey brauchte etwas Zeit, um damit klarzukommen, und während dieser Zeit begann Kett diese schrecklichen Schmerzen zu bekommen und eine Sache, die ihm half, war, körperlichen Kontakt mit Casey zu haben. Die Schmerzen verschwanden natürlich vollständig, nachdem sie alle richtig verpaart waren, aber –“

„Das ist kein Paarungsproblem“, seufzte Brass. Er fühlte sich erschöpft, und endloses Gerede über ganz andere Dinge half nicht. „Ich will, dass er hier rauskommt.“

„Brass …“ Jace sah aus, als würde er etwas dagegen

haben.

„Ich will ihn zurück in unserem Zimmer haben. Ich glaube nicht, dass es ihm hilft, wenn ich im selben Bett schlafe, aber ich kann nicht ohne ihn in diesem Bett schlafen und das im Krankenzimmer ist zu klein."

„Okay." Jace nickte.

Brass wartete draußen vor Jace und Links Zimmer, damit sie sich ordentlich anziehen konnten. Er wollte, dass Liam jetzt sofort verlegt wurde.

Er hasste es, das zuzugeben, sogar vor sich selbst, aber er hatte Angst. Tage waren vergangen und sie hatten immer noch keine Spur davon, was Daniel Liam in dieser Nacht angetan hatte.

Er verließ sich auf den Glauben, dass Daniel ihn bestrafen wollte, aber nicht bis zu dem Punkt, an dem er Liam getötet hätte. Wenn Brass Shamus jedoch zuerst geschadet hätte, dann hatte er keinen Zweifel daran, dass Malcove zum Töten übergegangen wäre. Er hätte sowohl Brass als auch Liam mit dem Todesurteil belegt.

Nachdem Jace und Link angezogen waren, kehrten sie alle in die Krankenstation zurück, wo Liam sich ausruhte. Er war immer noch in seiner Triferus-Form gefangen, obwohl der zerrissene Anzug entfernt worden war und er stattdessen in einem großen Jogginganzug steckte. Vielleicht war es besser, dass er so gefangen war. Er war stärker in seiner dritten Form und hoffentlich war er so widerstandsfähiger gegenüber allem, was ihm zugefügt worden war.

Brass beobachtete, wie Jace Liam vom Herzmonitor löste. Er erwartete, dass Jace die Maschine in Liams Zimmer bringen würde, aber stattdessen förderte er eine kleinere, tragbare Version zutage, die nur piepsen würde, wenn etwas schieflaufen sollte.

Sie stellten sicher, dass der Beutel mit Nährstoffen, den sie aufgehängt hatten, immer noch durch die intravenöse Leitung verbunden war, als sie ihn bewegten. Sie hoben ihn in einen Rollstuhl, der für die verwandelte Raubkatze kaum groß genug war, aber es würde reichen müssen.

Als sie ihn in ihr Zimmer gebracht hatten, erlaubte Brass Jace zu bleiben und dabei zu helfen, es Liam bequem zu machen. Jace sorgte dafür, dass der neue Monitor richtig platziert und richtig programmiert wurde, bevor er ging.

Als sie allein waren, kroch Brass neben seinem Gefährten ins Bett und konzentrierte sich auf die Hitze, die der Körper seines Partners abstrahlte, und auf die sanften Laute von Liams Herzschlägen.

Sie waren erst ein paar Wochen zusammen gewesen, bevor Malcove alles ruinierte. Brass hasste sich selbst dafür, nicht gleich geblieben zu sein, als er seinen Gefährten kennenlernte. Wenn er es getan hätte, wäre er Malcove nie begegnet. Hätte ihn nicht sauer gemacht und wäre auf seiner Liste gelandet. Und Brass hätte nicht so viel Zeit verschwendet, von dem Mann weg zu sein, der ihn brauchte, der körperliche Schmerzen gehabt hatte, weil er so lange weggeblieben war.

Es machte Brass krank, sich vorzustellen, wie sehr Liam gelitten haben musste, weil Brass entschieden hatte, was strategisch richtig war.

Hoffentlich rückte jemand mit den benötigten

Informationen heraus, um Liam zurückzubringen. Aber für den Moment beruhigte ihn das beständige Schlagen von Liams Herz. Der Klang hypnotisierte ihn und Brass konnte nicht anders, als in den Schlaf gelullt zu werden – der erste Schlaf, den er bekam, seit das alles geschehen war.

* * * *

„Ich hätte dich beißen sollen", knurrte Liam, als sie sich darauf vorbereiteten, sich zu verabschieden.

Brass fühlte einen ungewohnten Schmerz in seiner Brust, als er darüber nachdachte, auf das Gelände zurückzukehren. Er wollte bleiben, und obwohl diese neuen Gefühle vollkommen Sinn ergaben, verwirrten sie ihn völlig. Die ganze Zeit, die er schon lebte, war er stark und unbewegt gewesen, nur um nach ein paar Tagen mit diesem Mann völlig aus der Fassung zu sein.

„Ich will nicht gehen", gab Brass zu.

„Dann tu es nicht, Brass", bat Liam ihn. „Bleib hier bei mir. Wir werden einen anderen Weg finden."

Brass blickte in die goldbraunen Augen seines Gefährten, der genau wusste, dass dieser Abschied bedeuten könnte, dass er es nie wieder schaffen würde, zurückzukehren. Er wollte bleiben.

„Ich muss", sagte Brass, als ob er versuchte, sich selbst mehr zu überzeugen als Liam. „Wir müssen in dieser Angelegenheit klug sein. Obwohl ich bezweifle, dass Mika Casey und Zane freilassen wird, würde er leicht unschuldige Leute töten, um mich zurückzuholen. Und strategisch ist es wichtig, mich dort drinnen zu haben."

„Es ist wichtig, dass ich dich hier bei mir habe“, beharrte Liam.

Brass wollte ihn küssen, aber so kurz vor dem Austausch war er nicht sicher, ob er es riskieren wollte, Liams Geruch an sich zu bekommen.

„Liam“, begann Brass. „Ich muss zurück. Nur so kann ich sicherstellen, dass du in Sicherheit bist.“

„Ich kann auf mich selbst aufpassen“, sagte Liam.

„Das kann ich auch“, erwiderte Brass. „Ich kann auf mich selbst aufpassen und ich kann von drinnen helfen, zumindest bis wir wissen, dass es sicher ist, bis wir wissen, dass es klug ist, dass ich zurückkehre. Außerdem kann ich eine Menge Beweise gegen Mika sammeln. Es gibt Akten mit Details, gegen die nicht einmal das widerspenstigste Ratsmitglied argumentieren kann.“

Liam schlug gegen die Wand und hinterließ eine große, faustförmige Beule in der Betonmauer, als Stücke herabfielen und zu Staub wurden.

Brass war sich nicht sicher, was er tun sollte. Liam zitterte und sein Instinkt schrie ihn an, seinen Gefährten zu trösten. Ihn zu berühren. Brass war an solche menschlichen Interaktionen nicht gewöhnt, ging aber zu dem Wandler und legte vorsichtig eine seiner Hände auf Liams linke Schulter.

Sein Gefährte drehte sich zu ihm um und hob seine rechte Hand, packte Brass am Nacken, er brachte sie näher zusammen und Brass erwog nicht einmal, ihn aufzuhalten, als Liams Lippen auf seine gepresst wurden.

Brass fühlte sich, als würde sein ganzer Körper lebendig werden, als Liam ihn leidenschaftlich und wild küsste. Er konnte die Wand hinter ihm kaum spüren, als Liam ihn dagegen stieß.

Es war lange her, seit er etwas so Ursprüngliches und

Grundlegendes gespürt hatte. Reine Lust war nicht so leicht zu finden wie man es sich vorstellen würde, und hier hatte Brass die Verkörperung sexueller Bedürfnisse, die versuchte, ihn mit einem Kuss zu beanspruchen.

„Warum musst du das so schwer machen?“, keuchte Brass, als der Kuss endete.

„Weil ich versuche, deine Meinung zu ändern“, sagte Liam ihm ehrlich.

Brass schlug den Kopf nach hinten, knallte ihn absichtlich gegen die Wand. Er brauchte den Schmerz, um seinen Kopf klar zu kriegen. „Liam, du musst mein Gehirn die Entscheidungen treffen lassen.“

„Dein Gehirn ist dumm“, murmelte Liam säuerlich.

Brass sah seinen Gefährten an. „Mein Gehirn ist dumm?“

„Unglaublich dumm“, sagte Liam. „Du bist mein Gefährte und du weißt es, aber du bist bereit, das beiseite zu legen …“

„Ich bin bereit, das vorübergehend auf Eis zu legen, damit wir, wenn wir uns zusammenschließen, die Oberhand behalten“, versuchte Brass zu erklären.

„Wir sollten es auch den anderen erzählen.“ Liam seufzte.

„Je weniger Leute davon wissen, desto besser, und Solomon stimmt zu“, sagte Brass. „Ich werde mich sicherer fühlen, wenn ich weiß, dass nur du und dein Sorena eingeweiht seid.“

„Ich sollte zumindest meine Brüder informieren, denen kannst du vertrauen“, beharrte Liam.

„Vielleicht“, sagte Brass zögernd. „Aber ich kenne sie nicht und meine letzte Begegnung mit deinem Zwilling … Sag es ihnen, wenn es sein muss, vorher nicht.“

„Gut“, stimmte Liam widerwillig zu.

„Wir müssen bald gehen“, sagte Brass und hasste die Worte, als sie herauskamen. „Hast du die Spritze mitgebracht?“

„Ja, ich habe sie aus Jaces Büro geklaut.“ Liam nahm die Spritze aus seiner Gesäßtasche und reichte sie ihm. „Was wirst du damit machen?“

Brass nahm das Ding und schob den Kragen von Liams T-Shirt beiseite. Dann steckte er die Nadel hinein und nahm ihm etwas von seinem Blut ab. Liam zuckte nicht zusammen, er ließ ihn einfach sein Blut nehmen.

„Etwas, von dem mir mein Großvater erzählt hat“, begann er zu erklären, aber dann hörte er, wie sich jemand dem Raum näherte. Ihre Zeit war abgelaufen.

Er musste die Spritze verstecken.

Ein Klopfen ertönte.

„Brass?“, fragte jemand. „Bist du da drin?“

Brass’ Verstand war neblig, als er aus seinem Traum erwachte. Oder vielmehr aus seiner Erinnerung.

„Warte“, rief Brass. Er hatte neben Liam auf dem Bett gelegen und sein Kopf pochte unbehaglich, als er sich aufsetzte ohne annähernd genug geschlafen zu haben, um seine Schlaflosigkeit auszugleichen. Er nahm sich einen Moment Zeit, um sich zu sammeln, dann ging er hinüber und öffnete die Tür.

Casey stand draußen und seinem Gesichtsausdruck nach kam er nicht mit guten Nachrichten.

KAPITEL 12

Fast zwei weitere Wochen waren vergangen, seit Casey an diesem Abend zu seiner Tür gekommen war. Wie er vermutet hatte, waren es keine guten Nachrichten, aber es war immerhin etwas. Er hatte Brass erzählt, dass er zu seiner Tante gegangen war, die widerwillig offengelegt hatte, dass Daniel eine Vorliebe für etwas hatte, das als Zauberspruch mit Bedingung bezeichnet wurde. Einer, bei dem der Zauberer die Regeln für das Brechen des Banns entschied. Im Grunde genommen war das verdammte Ding eine Variante des Dornröschen-Fluches, nur statt eines Kusses konnte es alles Mögliche sein, von einem bestimmten Codewort bis hin zu einem Bad des Opfers in Gatorade.

Malcove war ein grausames Wesen, und Brass wäre fast durchgedreht, als er versuchte, sich an alles zu erinnern, was er über den Hexenmeister wusste, um einen Hinweis zu finden. Er hatte praktisch jedes Wort ausprobiert, an das er sich erinnerte, es aus Daniels Mund gehört zu haben, aber nichts hatte seinen verfluchten Gefährten dazu gebracht, sich zu rühren. So wie er den Hexenmeister kannte, war es etwas Hinterhältigeres, als einfach nur das richtige Wort zu sagen. Etwas, das für Daniel ein großer Witz wäre, etwas, von dem er dachte, dass es lustig war.

Brass war mehr als unruhig. Er fühlte sich körperlich erschöpft, weil er sich nicht nährte, und die mentale Anspannung, weil Liam im Koma lag, ließ ihn mit den Fangzähnen knirschen. Er verbrachte die meiste Zeit an Liams Seite, las ihm vor oder beobachtete ihn beim Atmen – tat so, als würde Liam sich nur ausruhen.

Brass' Magen knurrte unbehaglich und er beschloss, seinen Hunger zu dämpfen.

Hungrig, aber nicht wirklich auf menschliche Nahrung, ging er in Richtung Küche. Ein Vorteil am Zusammenleben mit Fleischfressern war, dass es nie einen Mangel an Fleisch im Haus gab. Ein blutiges Steak könnte helfen, seinen Hunger zu stillen.

Er hatte fast das Gefühl, als würde er schlafwandlerisch in die Küche gehen, aber plötzlich liefen alle seine Instinkte auf Hochtouren.

Brass stand Kyle gegenüber, Links ältestem Sohn. *Was zum Teufel macht der hier?*

Er hatte von Links Söhnen nur Bilder gesehen, aber es gab keinen Zweifel über die Abstammung des Kindes, nicht mit diesem Kiefer. Sein Verstand brummte, als er sich bemühte zu verstehen, was Kyle dort machte. Hatte er gewusst, dass er da war, bevor er Liam verlassen hatte?

Wenn Brass die Willensstärke hatte zu gehen, fand er sie nicht. Der Junge wirkte erschrocken über sein plötzliches Erscheinen und sein Herzschlag beschleunigte sich und trieb Blut in seine Wangen.

Blut.

Brass sah auf Kyles Hand. Er hatte sich geschnitten.

Nur ein kleiner Einschnitt, aber der rote Tropfen lockte ihn.

Das Blut und der Herzschlag. Brass wünschte sich, er wäre von dem Klang von Kyles Herz nicht so fasziniert wie er es war, aber als er richtig zuhörte, konnte er fast schwören, dass er das frische Blut durch die Adern des Teenagers rauschen hörte.

Eins, zwei, eins, zwei, eins-zwei …

Kyles Herz raste jetzt, als Brass ihn von der Tür aus anstarrte.

Wenn ich nur ein bisschen nehme …

Brass' Magen zwickte und zwackte, da er nur wenige Zentimeter von Beute entfernt war.

„E-Entschuldigung“, stotterte der Teenager, als er sich bewegte, um an ihm vorbeizugehen.

Brass registrierte die Worte kaum, als er sich bewegte, um Kyles Weg zu blockieren, der daraufhin drei Schritte zurückging.

Brass sah zu, wie der Junge nach einem großen Küchenmesser auf dem Tresen griff. Bevor er es packen konnte, entschied Brass, dass es Zeit war, sich zu bewegen. Seine Augen richteten sich auf Kyles Halsschlagader und seine Zähne waren voll ausgestreckt; er spannte seinen Körper, um sich auf seine Beute zu stürzen.

Bevor er sein Ziel erreichen und seine Zähne in das Fleisch versenken konnte, wurde er zurückgezogen. Aus dem Gleichgewicht geraten, fand Brass Damian vor ihm stehend.

Brass' Gedanken waren zwiegespalten. Er erkannte den Vampir als einen Freund, aber Damian konnte seine Mahlzeit nicht haben. Brass musste sich nähren. Damian würde eben warten müssen, bis er an der Reihe war.

„Hör auf damit", zischte Damian.

Hör auf womit?

Damian sorgte dafür, dass das Fleisch hinter ihm verborgen blieb, aber Brass konnte immer noch das Blut riechen, das direkt unter der Haut des Essens floss.

Brass hatte nicht bemerkt, dass sie sich bewegt hatten, bis er merkte, dass sie durch den Raum gegangen waren und der Beute einen freien Weg zur Tür gelassen hatten.

„Kyle, lauf!", befahl Damian dem Fleisch hinter sich.

Wut verzehrte Brass, als das Essen wegrannte. Mit einem Zischen attackierte Brass den anderen Vampir, der seine Chance, sich zu nähren, ruiniert hatte. Damian hielt sich wacker, während Brass aufs Töten aus war. Wenn er nur getrunken hätte, wenn er die Chance gehabt hätte, hätte Brass kein Problem damit gehabt, es mit Dame aufzunehmen. So wie es jetzt war … er verlor … und Damian benutzte nicht einmal beide Hände … *Warum benutzt Damian nicht beide Hände?*

Brass runzelte die Stirn.

Gerade als er nach der anderen Hand des Vampirs Ausschau hielt, benutzte Damian eines seiner Beine, um ihm seine unter dem Körper wegzureißen, und Brass fiel zu Boden. Sein sogenannter Freund war in einer Sekunde über ihm und etwas wurde an seinen Mund gepresst. Brass knurrte und biss das verdammte Ding.

Ein verzweifeltes Stöhnen entkam ihm, als er die reichhaltige Flüssigkeit schmeckte, die plötzlich in seinen Mund strömte.

Liam ….

Brass' Verstand kehrte zurück und er versuchte die Plastiktüte mit dem Blut seines Geliebten wegzuschieben.

Das ist falsch.

Damian hatte das Blut seines Gefährten ohne Erlaubnis genommen. Er hatte Liams Körper verletzt, indem er sein Blut stahl.

Als er versuchte, ihn wieder wegzuschieben, schob Damian den Beutel mit mehr Kraft an seinen Mund und Brass biss instinktiv härter zu. Sein Widerstand scheiterte bald und er ließ los, als er das Blut trank. Das Einzige, was schlimmer war, als Liams Blut zu stehlen, wäre, es zu verschwenden, aber es brach ihm das Herz, es so zu trinken.

Unerwünschte Tränen liefen ihm über die Wangen, als er zwangsernährt wurde. So sollte es nicht sein. Liam hätte da sein sollen, um ihn zu drängen, ihn zu beißen, zu trinken. Aber er war es nicht und das machte es zu einem Verrat. Brass war sich nicht sicher, ob er Damian jemals dafür vergeben könnte. Als der Plastikbeutel endlich leer war, löste sich Damian von ihm. Brass stand langsam vom Boden auf und weigerte sich, Damians Blick zu begegnen.

„Ich musste es tun, Brass“, sagte Damian zu ihm. „Du wolltest nicht und ich konnte sehen, was es dir angetan hat.“

„Du hattest kein Recht dazu“, knurrte Brass.

„Du hättest Kyle umbringen können!“, sagte Damian mit harscher Stimme. *Kyle?*

Brass kniff sich in den Nasenrücken. Das Fleisch … sein anvisiertes Essen war ein Teenager gewesen. Ein Kind. Er fühlte sich von sich selbst angewidert, aber das bedeutete nicht, dass das, was Damian getan hatte, akzeptabel war.

„Liam kann es sich nicht leisten, in einem geschwächten Zustand zu sein“, sagte Brass mit kühler Stimme. „Er braucht alles, was er hat.“

„Er würde nicht wollen, dass du dich aushungerst, und er würde bestimmt nicht wollen, dass du Links Sohn anfällst“, sprach Damian sanfter.

„Er sollte nicht einmal hier sein“, knurrte Brass. „Wer zur Hölle würde ein Kind an diesen Ort bringen, so, wie die Dinge laufen?“

„Dieses Rudel ist mein Zuhause“, sagte eine wütende, brodelnde Stimme von der Tür aus. Link und Jace standen da und sahen nicht allzu glücklich mit ihm aus. „Ich sollte mir in meinem eigenen Zuhause keine Sorgen um die Sicherheit meines Sohnes machen müssen“, erklärte Link durch zusammengebissene Zähne.

Brass bemerkte, dass er eine große Waffe in der Hand hielt. Link hatte sie nicht erhoben, aber der ganze Arm des Mannes zitterte an seiner Seite. Brass war sich nicht so sicher, ob er seinen Arm hätte unten halten können, wäre sein eigenes Kind in Gefahr geraten.

„Du lebst in einem Haus voller räuberischer Wesen“, schnaubte Brass. „Einige Vorsichtsmaßnahmen sollten immer in Kraft sein.“

Brass fühlte sich viel besser durch das Blut, das er konsumiert hatte. Er fühlte sich stärker und klarer, aber er schämte sich. Nicht nur, weil er das Blut seines Gefährten getrunken und Kyle anvisiert hatte, sondern auch, weil er Ausreden erfand. Er lag jedoch nicht falsch; Menschen waren in der Nähe von Kreaturen wie ihm immer in Gefahr. Diese

Dinge sollten nicht leichtfertig gehandhabt werden.

Trotz der Wut des Paares auf ihn, ließen sie ihn vorbei, als er aus dem Raum ging. Er musste Liam sehen, um sicherzustellen, dass Damian nicht zu leichtsinnig gewesen war, als er sein Blut abnahm. Er wusste, dass der Vampir mehr als qualifiziert war, jemandem Blut abzunehmen, aber wenn es um Liam ging, musste Brass absolut sicher sein, dass er nicht unter dem jüngsten Blutverlust litt.

Zurück in seinem Zimmer hatte sich nichts geändert. Er überprüfte den Herzfrequenzmonitor, aber die Messwerte waren nicht unregelmäßig.

Brass lag mit seinem Kopf an Liams Brust da und lauschte den Herzschlägen seines Gefährten. Der Klang war beruhigend und stetig wie immer. Liam lebte. Verflucht, aber lebendig. Und wenn er am Leben war, musste es eine Lösung geben. Casey hatte zumindest herausgefunden, womit Liam getroffen worden war und das Rudel hatte Überstunden gemacht und mit jedem gesprochen, der etwas darüber wissen könnte. Es lief nicht gut, soweit Brass es sagen konnte. Das Heilmittel war irgendwo in Daniel Malcoves abgefucktem Kopf zu finden. Und wenn die Familie die Antwort nicht finden konnte, würde Brass es tun.

Er hatte bereits damit begonnen, das zu planen. Tatsächlich wusste er genau, was er zuerst tun musste, um sicherzustellen, dass er die notwendigen Informationen hatte, falls er eingreifen musste.

„Ich werde Gregory kontaktieren“, sagte Brass seinem komatösen Gefährten. „Er wird nach Shamus Ausschau halten. Wenn ich ihn erwischen kann, werde ich Daniel kriegen. Ich kann es aber nicht allein machen. Ich kenne nur einen Schutzzauber und Daniel hat ihn im Restaurant gesehen. Er wird bei ihm nicht wieder funktionieren. Ich werde Casey brauchen."

Brass glaubte zu hören, dass Liams Herz schneller wurde und irgendwie wusste er, wenn Liam wach wäre, hätte er ihm gesagt, er solle wegbleiben.

„Du würdest dasselbe tun", sagte Brass ihm, als er Liam fest umarmte. „Du kannst nicht verlangen, dass ich es nicht tue. Ich vermisse dich. Aber ich werde es schlau angehen. Casey kann Daniel an Ort und Stelle einfrieren und seine Magie zurückhalten. Dann kann ich Shamus benutzen, um den Hexenmeister zum Reden zu bringen. Ich hoffe nur, Daniel liegt genug an Shamus, um nicht einfach zuzusehen, wie er in Stücke gerissen wird."

Brass spürte einen Moment der Panik, als Liams Herz einen Schlag aussetzte. Vielleicht konnte Liam ihn wirklich hören.

„Ich kann nicht mehr allein sein, Liam. Ich brauche dich und wenn ich Shamus dazu foltern muss, bin ich gut darauf vorbereitet. Er hat genug getan, um es zu rechtfertigen. Ich weiß, dass jedes Mitglied des Rudels ihn irgendwann einmal tot sehen wollte, und dies ist nicht der richtige Zeitpunkt, Gnade zu zeigen. Ich bin jetzt vielleicht ein besserer Mann, wegen dir, aber das löscht meine Vergangenheit nicht aus, besonders nicht, wenn meine Vergangenheit genau das ist, was wir brauchen, um dir zu helfen. Ich bin die beste Wahl für diese Mission. Aber ich muss Solomon und Zane aus dem Weg schaffen, und wahrscheinlich auch Maddox. Sie sind viel zu anständig, um mich mein Ding machen zu lassen, und Zane würde mir nie erlauben, Casey zu benutzen. Sie würden einfach nicht verstehen, dass dies der einzige Weg ist, wie wir dich zurückbekommen. Es gibt niemanden mehr, den man anrufen kann, keine Kontakte, die uns die Antwort geben könnten. Es gibt nur Malcove."

Brass konnte fühlen, wie er auf dem stetigen Heben und Senken von Liams Brust einschlief. Er fühlte sich einfach so müde. Soweit er wusste, hatte diese Tortur ihn um ein Jahrhundert altern lassen. Sein Leben hatte nie einen Sinn gehabt, was die Hauptgründe dafür waren, dass er während seines Lebens so viele Berufe durchgemacht hatte, nur um die Sache interessanter zu machen. Er hatte immer gewollt, dass ihn etwas antrieb, und für einen Moment hatte er gedacht, Damian hätte ihm diesen Sinn gegeben, aber nachdem er Liam getroffen hatte, wurde Brass klar, wie hohl seine Gefühle gegenüber Damian gewesen waren.

Brass sehnte sich nach Liam. Er war ohne ihn nicht ganz. Brass existierte einfach und zu existieren ohne zu leben, war für ihn unerträglich. Er war dieses Leben schon vor Jahrhunderten müde geworden, als er einfach das gesellschaftliche Protokoll befolgte und den Schein aufrechterhielt.

„Ich möchte, dass du aufwachst, Keefe." Brass unterdrückte seine Tränen, als er zu seinem Gefährten unter die Decke kroch und sich an Liams Seite schmiegte.

Liams Wärme vertrieb die Kälte in seinem Herzen und er gestattete sich, einzuschlafen, um seine Sorgen aus seinem Kopf zu verdrängen.

Bitte, lass mich nicht scheitern.

KAPITEL 13

„Der Hexenmeistervertreter raubt mir den letzten Nerv“, erklärte Solomon und zerdrückte sein Handy fast, als er auflegte. „Er weigert sich, Malcoves Rolle in Liams Lage zu akzeptieren.“

Brass bemühte sich sehr, das Kristallglas in seiner Hand, das immer noch mit Scotch gefüllt war, nicht zu zerquetschen. Er konnte Blut schmecken, als seine Reißzähne hervortraten und in das Innere seines Mundes schnitten.

Der Rat war absoluter Müll. Fast alle Mitglieder waren scheinheilige Arschlöcher. Ein Anführer zu sein bedeutete, seine Leute in Einklang zu halten, und sie nicht wie Waschbären herumlaufen zu lassen und dann ihre Handlungen zu verleugnen, wenn die Nachbarn sich über umgeworfene Mülltonnen und mehrere Wochen alte Windeln in ihren Einfahrten beschwerten.

„Maddox, Kett“, sagte Solomon. „Ich will euch bei mir. Ihr seid Liams Brüder, vielleicht wird sie das beeinflussen.“

„Sollte Brass nicht dabei sein?“, fragte Kett und deutete mit dem Kopf auf Brass.

„Ich sollte“, stimmte Brass mit einem Nicken zu, „aber ich werde Liam nicht verlassen. Außerdem würde ich bei ihrer einzigartigen Sichtweise wahrscheinlich die Hälfte des Rates umbringen und den Leichnam des Hexenmeisters benutzen, um der anderen Hälfte ins Gesicht zu schlagen, und so verlockend das auch sein mag, es könnte etwas kontraproduktiv sein“, sagte Brass und nahm noch einen Schluck Scotch.

In letzter Zeit füllte er sein Glas mehrmals am Tag, nicht, dass der Alkohol ihn sehr beeinflusste. Um sich betrunken zu machen, musste er ziemlich viel trinken oder etwas von dem Zeug trinken, das von verschiedenen Wolfsrudeln destilliert wurde und nur für den nicht-menschlichen Verzehr bestimmt war, aber der Geschmack war es kaum wert. Nein, am Ende konnte nur der Geschmack von Scotch ihn beruhigen. Dennoch beneidete er in einigen Nächten die Betrunkenen, die sich ins Vergessen tranken.

Nachdem Damian diese Nummer mit Liams Blut abgezogen hatte, hatte Brass es geschafft, seine Gedanken zu sammeln und dafür gesorgt, dass er jeden zweiten Tag ein wenig Blut von seinem Gefährten nahm, damit er ja nicht wieder unschuldige Leute angriff. Er hatte sich offiziell bei Kyle und seinem Vater und Stiefvater entschuldigt, doch sie hatten alle übereingestimmt, den Vorfall vor Debra, der Mutter des Teenagers, geheim zu halten.

Brass hätte nie gedacht, dass er die Kontrolle über seine Blutlust verlieren würde, aber er wusste, dass Kyle wahrscheinlich gestorben wäre, wenn Damian nicht eingesprungen wäre.

Brass brauchte einen klaren Kopf, wenn er seinem Gefährten etwas nützen wollte, und obwohl er auf Dame wütend war, hatte der Recht gehabt. Liam würde nicht wollen, dass er hungerte, und er hätte bestimmt nicht gewollt, dass er eine alternative Blutquelle suchte.

„Deshalb habe ich dich nicht gefragt“, sagte Solomon.

Sol hatte immer einen guten Instinkt, wenn es um ihn ging. Brass musste sich sogar fragen, ob der weiße Tiger von seinen Plänen wusste, seinen Gefährten zu heilen. War seine Abreise eine Geste des guten Glaubens? Bedeutete das, dass der Tiger seine Pläne billigte?

„Zane sollte statt Kett gehen“, sagte Brass.

Er wusste, dass Maddox nicht zögern würde, ihn daran zu hindern, seinen Plan durchzuziehen, aber Zane …, allein der Vorschlag, Casey mit auf seine Mission zu nehmen, könnte eine Schlägerei auslösen.

„Warum?“, fragte der kleine Bruder seines Gefährten und sah beleidigt aus.

„Du bist zu jung, als dass die älteren Vertreter dich respektieren würden, und sie haben Maddox und Zane bereits getroffen“, erklärte Brass ihm. „Und Zane ist ein Wolfswandler, was zeigt, dass dies nicht nur ein Katzenproblem ist. Er ist mit dem Bruder des betroffenen Mannes verpaart, und dazu ein Hexenmeister, und dort sind mehrere Repräsentanten, die Paarungen respektieren und den Schmerz, der entsteht, wenn man einen Partner leiden sieht, emotional und körperlich vor allem.“

Kett runzelte die Stirn, bevor er sich an Solomon wandte. „Stimmt das?“

Brass sah den Sorena nicht an, spürte aber, wie sich die Augen der Katze in seine Stirn bohrten.

„Er liegt nicht falsch“, antwortete Sol.

„Aber stell sicher, dass du meinen Namen nennst“, sagte Brass ihnen. „Das betrifft auch die Vampir-Gemeinschaft und ob sie meiner Paarung zustimmen oder nicht, der Name Ingram sollte immer noch etwas an Bedeutung haben.“

„Weil du furchteinflößend bist und die ganze Scheiße oder weil du mit einem silbernen Löffel in deinem Arschloch aufgewachsen bist?“, fragte Jace mit erhobener Augenbraue.

Brass rollte mit den Augen. „Idiot.“

„Zicke“, gab Jace zurück.

Brass warf dem Leoparden einen fiesen Blick zu. Wann immer er dachte, dass er sich an den Katzenarzt gewöhnt hatte, erinnerte Jace ihn daran, dass es nicht so war.

„Genug, ihr zwei.“ Sol schüttelte seinen Kopf. „Brass hat Recht, Zane sollte mitkommen, wenn das für dich in Ordnung ist?“, fragte er den Wolfswandler, der still neben Kett auf der braunen Ledercouch gesessen hatte.

„Natürlich.“ Er schien ein wenig nachzudenken und wandte sich an Kett. „Du solltest hierbleiben. Ich will nicht, dass Casey allein ist und er muss hierbleiben, falls wir vom Rat Antworten erhalten, die vor unserer Rückkehr umgesetzt werden können.“

Kett schien den Gedanken nicht zu mögen, zurück zu bleiben. „Er ist *mein* Bruder, Zane …“

„Ich weiß besser als jeder andere, wie es ist, einen Bruder zu vermissen“, erinnerte Zane seinen Gefährten.

Brass hatte Zanes vermissten Bruder fast vergessen, mit allem, was in seinem eigenen Leben vor sich ging. Noch eine Sache, die die Mitglieder des Rudels zerriss. Schließlich müsste das auch erledigt werden. Brass hatte Missstände schon immer gehasst und es mussten definitiv Dinge in Ordnung gebracht werden, aber im Moment war Liam die Priorität. Zeke würde noch etwas warten müssen.

„Ich weiß." Kett sah auf seine Füße. „Ich möchte nur helfen. Ich möchte wissen, dass ich *etwas* tue. Ich glaube nicht, dass ich mich jemals so nutzlos gefühlt habe."

„Ich kann das nachvollziehen", sagte Brass und leerte den Rest seines Drinks. Er war es mehr als leid, weshalb er etwas tun musste.

Brass konnte spüren, wie die Rudelmitglieder ihn anstarrten. Er entschied sich, nicht die Hauptattraktion der aktuellen Mitleidsparty zu sein, stand auf und ging zum Ausgang. Als er an Solomon vorbeikam, blieb er stehen und wandte sich an ihn. „Mach, dass die armen Bastarde zuhören. Sie sind schon viel zu lange eine Lachnummer. Wenn sie jetzt nicht handeln, könnten sie genauso gut ihre eigene Kündigung unterschreiben."

* * * *

Brass stand am Fenster in dem Schlafzimmer, das er mit seinem Gefährten teilte, und beobachtete, wie Solomon, Maddox und Zane in das marineblaue SUV des Sorenas stiegen und davonfuhren. Er stand dort wahrscheinlich noch gute zwanzig Minuten lang rum, bevor er sich bewegte. Selbst wenn die Hauptopposition nicht mehr da war, waren immer noch zu viele Leute im Haus, die seine Pläne behindern konnten.

Er wusste, dass Jace plante, mit Link die Bar zu besuchen, und Timothy und Leo waren wahrscheinlich damit beschäftigt, ihre eigenen Sachen zu machen. Damian patrouillierte an den Grenzen des Rudelreviers und würde nicht wissen, dass etwas im Busch war, bis es zu spät wäre.

Brass' Brust zog sich ein wenig zusammen. Brass hielt Damian für seinen Freund, aber er konnte nicht riskieren, dass ihn jemand aufhalten würde. Nicht bevor er die notwendigen Antworten hatte.

Brass war unruhig, als er darauf wartete, dass der Arzt und sein Gefährte gingen. Er wollte trinken, aber er hatte sich nach dem Treffen mit dem Rudel aufs Trockene gesetzt. Es war unwahrscheinlich, dass es einen Unterschied machte, ob er einen Drink zu sich nahm, aber Brass musste absolut sicher sein, dass sein Denken in keiner Weise getrübt war, wenn er diese Sache durchzog.

Wird auch Zeit, dachte Brass, als er Links verrosteten Toyota 2005 anspringen hörte und zusah, wie Jace und Link wegfuhren. Er nahm sein Handy heraus und schrieb Casey eine SMS, um ihn im Büro des Sorenas zu treffen, bevor er selbst dorthin ging.

„Hey, was ist los?“, fragte Casey, als er ihn kurz darauf vor Solomons Büro traf.

Brass öffnete die Tür und bedeutete Casey, sich ihm anzuschließen. Nachdem er sich auf einem der Stühle des Rudelführers vor dem Schreibtisch niedergelassen hatte, wartete er darauf, dass Casey sich hinsetzte, bevor er ihm seine Pläne erzählte. „Ich bin hinter Daniel her.“

„Brass … ich weiß nicht, ob das so eine gute Idee

ist …“, sagte Casey mit leichtem Kopfschütteln.

„Wie lange schlägst du vor, dass ich warte?“, fragte Brass, als er seine Meinung über das Sitzen änderte und aufstand, um auf und ab zu gehen. Er wusste, dass Casey nur wollte, dass er keine unnötigen Risiken einging, aber er konnte nicht für immer verborgen bleiben, besonders nicht, wenn Liam sich auf ihn verließ.

„Daniel wird nicht mit irgendwelchen Informationen dienen und er ist zu mächtig, um allein mit ihm fertig zu werden. Er ist nicht wie ich, seine Magie lässt ihn nicht im Stich“, warnte Casey ihn.

„Ich weiß, dass er stark ist, deshalb werde ich nicht allein gehen“, erklärte Brass.

„Was meinst du?“, fragte Casey; seine türkisfarbenen Augen sahen Brass argwöhnisch an.

„Aus welcher Entfernung kannst du jemanden einfrieren?“, fragte Brass den Hexenmeister und beobachtete, wie die Farbe aus dessen Gesicht wich.

„Das meinst du nicht ernst, oder?“, fragte Casey und schluckte schwer.

Brass trat zu Casey und setzte sich auf den Schreibtisch vor ihm. Mit Blick in seine Augen, versuchte Brass, es ihm zu erklären.

„Daniel ist der Einzige, der weiß, wie ich Liam zurückbekomme. Und mächtig oder nicht, niemand kann eine Person einfrieren wie du es kannst. Ich habe gesehen, was du tun kannst, und ich brauche dich bei mir, damit das funktioniert.“

„Er ist mein Cousin …“ Casey suchte nach Worten.

„Ich weiß.“ Brass nickte. „Aber Liam ist mein Gefährte und Ketts Bruder. Wenn wir das nicht tun, können wir nicht sagen, ob wir Liam je zurückbekommen werden.“

„Ich mag das nicht“, sagte Casey und stand von seinem Stuhl auf. Er sah aus, als ob ihm übel werden könnte. Er ging zum Fenster und lehnte sich mit dem Kopf gegen das Glas. „Das ist emotionale Erpressung.“

„Vielleicht“, gab Brass zu.

„Nein. Nicht vielleicht!“, stieß Casey hervor. „Ich bin kein Soldat und selbst wenn es mir gelingt, Daniel zurückzuhalten, bevor er mich vernichtet, wie kannst du sicher sein, dass er überhaupt redet?“

„Er wird reden“, sagte Brass ihm in eisigem Ton, als sich seine Augen verdunkelten.

Casey schauderte sichtlich, als er ihn ansah.

„Ich bin nicht dafür geschaffen“, sagte Casey mit gedämpfter Stimme.

„Aber ich bin es“, versicherte Brass ihm. „Alles, was du tun musst, ist, Daniel davon abzuhalten, seine Magie zu benutzen.“

„Ich weiß genau, wozu du fähig bist“, sagte Casey, und die Missbilligung klang deutlich in seinem Ton mit.

Brass ballte die Fäuste. Er brauchte Casey mit an Bord, sonst würde er Daniel nie in die Hände bekommen. Er stand auf und nahm einen tiefen Atemzug, bevor er wieder vor Casey trat.

Der Hexenmeister wirkte nervös, als er versuchte, einen Schritt zurück zu machen, nur um festzustellen, dass sein Rückzug durch das Fensterglas blockiert war.

„Wenn du nicht helfen willst", begann Brass und legte seine Hände auf Caseys Schultern, „dann sag mir, wie ich meinen Gefährten retten kann. Gib mir einen, nur *einen* realistischen alternativen Ansatz, der ihn zu mir zurückbringen wird."

Casey runzelte die Stirn, als er nachdachte, aber er konnte Brass keine Antwort geben.

„Was, wenn es Kett oder Zane wäre?", sagte Brass, damit Casey es aus seiner Sicht betrachtete. Der Hexer war auch in einer Beziehung, nicht nur mit einem, sondern zwei Wandlern. Er musste es verstehen.

Casey sah aus, als könnte er weinen, seine Augen glänzten vor Tränen. Er nahm einen zittrigen Atemzug und rieb sich die Augen mit dem Rücken seiner rechten Hand. „Ich werde es tun", sagte er.

„Was?", unterbrach Ketts Stimme sie.

Brass hasste es, bei den Worten des Berglöwen zusammenzuzucken. Obwohl Kett normalerweise ganz locker war, sah er ziemlich einschüchternd aus, als er den Zustand seines Gefährten bemerkte, der mit Tränen in den Augen dastand wahrend Brass über ihm aufragte.

„Er wird mir helfen", sagte Brass dem Neuankömmling und ließ seine Hände von Caseys Schultern fallen, da er nicht wollte, dass Kett eine falsche Vorstellung bekam.

Brass runzelte die Stirn, als Kett ihn ignorierte und stattdessen seinen Gefährten anblickte. Er mochte es nicht, nicht zu wissen, was sie sagten, nachdem er von Liam erfahren hatte, dass Kett und seine Gefährten nonverbal kommunizieren konnten, aber er konnte das Gespräch zwischen den beiden Gefährten nicht anzapfen, während sie durch ihre Paarungsverbindung sprachen, ein Geschenk von ihrem dritten, wölfischen, Gefährten.

Kett stimmte offensichtlich nicht zu, da er Brass anstarrte.

„Ich verstehe, dass du Liam helfen willst“, sagte Kett, „aber du tust es nicht, indem du Casey in Gefahr bringst.“

„Ich habe ohne Caseys Fähigkeiten keine Chance“, sagte Brass ihm ehrlich.

„Du kannst nicht von mir erwarten, dass ich einfach nur bleibe und dir meinen Segen gebe, wenn du im Grunde genommen eine Zielscheibe auf die Stirn meines Gefährten malst.“ Kett knurrte ihn an.

„Tue ich nicht. Daniel wird Casey nicht weh tun. Ich bin derjenige, der ihn wütend gemacht hat und offen gesagt, Malcove sieht Casey als zu minderwertig an, als dass er ihn überhaupt verletzen will“, sagte Brass.

„Irgendwie, denke ich, wird meine Fähigkeit gegen ihn einzusetzen reichen, um ihn diesen Teil vergessen zu lassen“, sagte Casey mit leiser Stimme.

„Halte Malcove zurück und er ist keine Bedrohung mehr“, beharrte Brass.

„Wo hast du überhaupt vor, das zu machen?“ Kett schüttelte den Kopf. „Du denkst, du kannst ihn einfach so einfrieren – was, in der Anlage? Irgendwo in der Öffentlichkeit? Und glaubst du wirklich, dass er einfach so über den Bann plaudern wird?“

„Casey friert ihn ein und ich setze ihn unter Drogen. Ich habe bereits einen Standort ausgesucht, an dem wir nicht gestört werden."

„Es könnte funktionieren", sagte Casey.

„Das wird es", versicherte Brass ihm. „Ich habe bereits die nötigen Beruhigungsmittel aus Jaces Büro besorgt."

„Das kannst du nicht ernst meinen." Kett sah die beiden an, als hätten sie ihren Verstand verloren.

„Ich will das nicht machen", sagte Casey zu seinem Gefährten, „aber er hat Recht. Glaubst du wirklich, dass mit dem Hexenmeister-Ältesten zu diskutieren Danny zwingen wird, den Zauberspruch zu brechen?" Kett verlagerte sein Gewicht und sah unbehaglich aus.

„Ich kann nicht so weitermachen", sagte Brass zu ihm und fühlte sich plötzlich völlig erschöpft. „Liam ist am Leben, aber er *lebt* nicht, und ich kann es nicht mehr ertragen. Ich brauche meinen Partner."

„Du wirst Liam nichts nützen, wenn du dich umbringen lässt", erinnerte Kett ihn.

„Ich bin *jetzt* nicht nützlich. Ich habe gewisse Fähigkeiten, die mir dabei helfen können, und ich bin es mir schuldig, sie zu benutzen. Ich habe ein langes Leben gelebt, ein stumpfsinniges und gewalttätiges. Ich habe schlechte Dinge ohne großes Nachdenken getan, aber jetzt möchte ich meine Fähigkeiten nutzen, um etwas Gutes zu tun. Ich hole meinen Gefährten zurück. Heute Abend", sagte Brass mit Sicherheit in der Stimme.

„Heute Abend?" Casey starrte ihn an. „Das ist kaum Zeit, um sich vorzubereiten."

„Alles ist bereit", versicherte Brass ihm. „Und Malcove wird heute Abend nicht in der Anlage sein. Wir haben eine einzige Chance, und ich verschwende keine Zeit mehr. Ich mache das für Liam."

Kett sah besiegt aus und Brass konnte verstehen warum. Er wollte, dass sein Gefährte sicher war, aber Liam war sein Bruder. „Ich werde mit dir kommen", sagte Kett zu ihnen.

„Nein." Brass schüttelte den Kopf. „Ich brauche dich bei Liam und ehrlich gesagt, in diesem Szenario gilt je weniger, desto besser. Weniger Risiko, durch unerwünschte Elemente entdeckt zu werden."

„Ich werde Casey nicht ungeschützt lassen", sagte Kett.

„Er ist nicht ungeschützt. Er hat seine Fähigkeiten und du kannst verdammt sicher sein, dass ich mehr als nur einen Schlaftrunk für diesen Bastard einpacke", sagte Brass zu Kett, als sein Körper vor Entschlossenheit zitterte. Er mochte geistig erschöpft sein, aber Brass könnte auf der Schwelle des Todes stehen und würde immer noch die Kraft haben, um wieder aufzustehen und Malcove auszuweiden nach all den Dingen, die der getan hatte.

„Wir können es Zane nicht erzählen", sagte Casey.

„Warum nicht?", fragte Kett.

Casey warf ihm einen Blick zu. „Musst du das wirklich fragen?"

Kett seufzte. „Nein. Ich denke nicht. Ich hoffe nur, dass er weit genug weg ist, dass er unsere Anspannung nicht spürt."

Brass wusste, dass er das Richtige getan hatte, als er Solomon gebeten hatte, Zane statt Kett mitzunehmen.

„Zane ist willkommen, mir ins Gesicht zu schlagen, wenn er zurückkommt, aber wir müssen das jetzt tun", sagte Brass ihnen. „Meine Mutter hat herausgefunden, dass er und

Shamus in ein paar Stunden mit ein paar Freunden zum Abendessen ausgehen werden. Ich habe einen Freund auf dem Gelände, der mich informieren wird, sobald er geht und dann holen wir ihn uns."

„Ich mag das immer noch nicht." Casey seufzte. „Aber ich werde helfen … solange ich dir den Rücken kehren kann, wenn du ihn … *überredest*."

Brass atmete erleichtert aus. „Vielen Dank."

* * * *

Vierzig Minuten später gingen Casey und Brass die Steinstufen des Rudelhauses hinunter, bereit zum Aufbruch.

„Ich hasse es, Kett zurückzulassen", sagte Casey, nachdem er ins Auto gestiegen war.

„Glaub mir, ich verstehe es", seufzte Brass, als er den Zündschlüssel drehte. Nichts passierte.

Er drehte den Schlüssel erneut, aber das Auto wollte nicht starten.

Ein Klopfen an der Fahrerseite zeigte ihm Damian, der ihn mit einem finsteren Blick ansah. Brass hatte absolut keine Zeit dafür. Er öffnete die Tür und stieg aus, um seinem sogenannten Freund zu begegnen.

„Was immer du mit dem Auto gemacht hast, repariere es!", blaffte Brass ihn an.

„Du kannst nicht wirklich daran denken, Daniel anzugreifen", schnaubte Damian. „Du wirst nur erreichen, dass er dich umbringt.“

Wut ließ Brass’ Blut köcheln und er packte seinen Freund am Hals, drückte fest zu, als er Damian nahe an sein Gesicht brachte.

„Ich habe deinen Gefährten gerettet, Damian“, erinnerte Brass ihn mit harter Stimme. „Und jetzt versuchst du mich davon abzuhalten, meinen zu retten?“

Damian kämpfte nicht gegen den Griff an, obwohl klar war, dass er Schmerzen hatte. Für einen flüchtigen Moment überlegte Brass, seinen Griff zu straffen, bis er Damians Genick brechen hörte. Als er realisierte, was er beinahe getan hätte, stieß Brass stattdessen seinen Freund zurück, so dass er auf den Kies fiel.

Damian rieb sich den Hals. „Ich kann dir nie genug dafür danken, dass du Timothy gerettet hast, aber das bedeutet nicht, dass ich dich etwas so Leichtsinniges tun lassen werde. Daniel ist ein Hexenmeister, kein gewöhnlicher Vampir.“

Brass zuckte leicht zusammen bei dem rauen Klang der Stimme seines Freundes. Zum Glück hatte er Damians Stimmbänder nicht vollständig zerstört.

„Ich weiß genau, was er ist“, sagte Brass ihm. „Und ich habe keine Angst vor Daniel Malcove. Dies ist keine Entscheidung in letzter Minute, wo ich ohne einen Plan losrenne.“

„Und Casey ist dein Plan?“, schnaubte Damian, als er vom Boden aufsprang. „Was ist, wenn er versagt?“

„Dann rennt er wie die Hölle“, sagte Brass sachlich.

„Und du?“, fragte Damian und fixierte ihn mit einem wissenden Blick.

„Wenn es sein muss, werde ich mein Leben geben, um sicherzustellen, dass Casey davonkommt“, antwortete Brass ehrlich.

„Dein Backup-Plan ist sterben?“ Damian klang angewidert.

„Ohne Liam bin ich schon tot“, seufzte Brass und rieb sich die linke Schläfe, wünschte sich, dass seine Kopfschmerzen nachlassen würden.

„Du weißt, dass das kompletter Blödsinn ist, oder?“ Eine andere Stimme sprach aus der Dunkelheit hinter ihnen.

Brass drehte sich um und sah, dass Leo und Timothy dort standen. Timothy war überraschenderweise derjenige, der laut gesprochen hatte.

„Timothy –“, begann Damian, aber Leo hob eine Hand, um ihn zum Schweigen zu bringen.

„Unterbrich ihn nicht, Dame“, tadelte Leo ihn.

Timothy atmete tief durch und trat zu Brass mit einem ernsten Gesichtsausdruck, der ihm nicht besonders passte.

„Ich denke, du solltest heute Abend losziehen. Ich glaube, du solltest tun, was du am besten kannst und versuchen, einen Weg zu finden, um Liam zu helfen“, sagte Timothy sehr zu Brass’ Überraschung.

„Timothy“, warnte Damian seinen Gefährten.

„Glaubst du wirklich, dass er schon fertig ist?“, fragte Leo Damian und trat ihm gegen das Schienbein.

Brass hätte gelacht, aber er war zu sehr daran interessiert, herauszufinden, wo der Halbling damit hinwollte.

„Danke, Leo“, sagte Timothy zu seinem Freund, bevor er seine kleine Rede fortsetzte. „Was ich meine ist, dass, ja, wenn du denkst, dass du deinem Partner helfen kannst, dann tu es. Gefährten, Keefes oder wie auch immer wir sie nennen, sind die wichtigsten Personen in unserem Leben. Es ist jenseits von Vernunft, aber es macht Sinn. Wir würden alle unser Leben für unsere Gefährten geben, aber das heißt nicht, dass wir es tun sollten."

Brass runzelte die Stirn. „Ich komme nicht mit."

„Du solltest das besser wissen als jeder andere", sagte Timothy ihm. „Unser Instinkt sagt uns, dass wir uns für unsere Gefährten opfern sollten, wenn es dazu kommt, aber komm schon, was zur Hölle glaubst du, wird dem passieren, der noch lebt, der zurückgelassen wird? Liam lebt noch, aber der Fluch hat ihn dir dennoch genommen, doch es gibt immer noch Hoffnung für ihn, solange sein Herz schlägt. Und wenn ich mich nicht irre, ist dieser Herzschlag der einzige Grund, warum du dich nicht umgebracht hast."

Brass war mit Timothys Annahme nicht so recht einverstanden, auch wenn er nicht ganz daneben lag, aber er hielt den Mund.

„Mein Punkt ist, dass du immer noch weitere Chancen haben wirst, falls es heute schlecht läuft und du musst dich daran erinnern, dass wenn du stirbst, aus welchem Grund sollte Liam dann am Leben bleiben?"

Brass' Magen krampfte sich zusammen. Liams Tod war keine Option.

„Geh und rette deinen Gefährten, aber sei ehrlich, was die Risiken angeht. Du stirbst, dann stirbt er auch. So einfach ist das. Damian hat mir ein paar Dinge über dein Leben erzählt, größtenteils gruseliges Zeug, aber auch gute Dinge. Ich weiß, du bist schlau genug zu wissen, wann es nicht dein Tag ist. Analysiere die Situation und wenn die Chancen nicht für dich und Casey sprechen, dann dreht euch um und bringt eure Ärsche nach Hause. Der Tod ist kein akzeptables Ergebnis."

Brass nahm sich die Worte zu Herzen. Timothy hatte Recht. Sich selbst zu verdammen, könnte bedeuten, Liam zu verdammen, und das könnte er niemals tun. Aber er musste Vertrauen in seinen Plan haben. Er wandte sich an Damian. „Bitte, repariere das Auto."

Damian zögerte, aber ein Blick von seinem Gefährten ließ ihn die Motorhaube öffnen, und er baute das Teil, das er aus dem Fahrzeug genommen hatte, wieder ein.

Brass drehte sich zu Timothy um und schenkte dem Halbwolf ein kleines, aber echtes Lächeln. „Vielen Dank."

Timothy errötete ein wenig, erwiderte aber das Lächeln und fügte hinzu: „Regel Nummer eins für alle verbundenen Paare ist, immer wieder nach Hause zu kommen."

Brass nickte und stieg wieder in das Auto, sobald Damian die Motorhaube zugeknallt hatte.

„Alles in Ordnung?", fragte Casey, als Brass den Motor anließ.

„Mir geht es gut, aber es wird mir noch besser gehen, wenn wir den Fluch brechen", sagte Brass.

„Das werden wir", sagte Casey entschlossen.

Er fand Trost in Caseys plötzlichem Vertrauensschub; offensichtlich war Brass nicht der Einzige, der Timothys Rede gehört hatte. Es war schön zu wissen, dass nicht alle erwarteten, dass er versagen würde.

Als er im Rückspiegel beobachtete, wie Damian,

Timothy und Leo aus seinem Sichtfeld verschwanden, während er die Einfahrt des Herrenhauses entlangfuhr, hoffte Brass, dass sein Plan nicht schiefging.

Denn Scheitern war keine Option.

KAPITEL 14

Sie hatten sich in dem vernachlässigten Dachgarten auf einem kleinen Gebäude gegenüber dem Restaurant positioniert, in das Malcove zu seinem Abendessen kommen sollte. Das Grün sorgte für Deckung und ließ sie den Eingang beobachten, ohne entdeckt zu werden.

Sie hatten beobachtet, wie Malcove mit zwei anderen Typen ins Restaurant ging, und Brass war nicht froh zu erfahren, dass Casey nicht nur sie, sondern etwa ein Dutzend andere der Anwesenden durch die Restaurantfenster als Zauberer erkannte. Es schien, als würde ihre Dinnerparty an einem magischen Hot Spot stattfinden, was bedeutete, dass Brass und Casey besonders vorsichtig sein mussten, um nicht die Aufmerksamkeit anderer auf sich zu ziehen, die zu Malcoves Verteidigung kommen könnten.

Brass musste sich zurückhalten, als er dem Hexenmeister beim Betreten des Ortes zusah. Es war das erste Mal, dass er den Bastard sah, seit er Liam mit dem Zauberspruch belegt hatte, und es brauchte all seine Selbstbeherrschung, um nicht vom Dach zu springen und ihn in Stücke zu reißen. Das hätte nicht gut geendet, und es gelang ihm schließlich, sich zu beruhigen, um sich auf die bevorstehende Aufgabe konzentrieren zu können.

Gregory hatte ihm gesagt, dass Shamus mit ihm gegangen war, aber er hatte das Restaurant nicht mit seinem Gefährten betreten. Brass war darüber nicht besonders glücklich. Damit sein Plan funktionierte, würde er beide brauchen. Obwohl er sicher war, dass er es auch mit dem Hexenmeister allein schaffen konnte, mit reichlich Zeit und Werkzeug.

Malcove war ihr primäres Ziel, und sie würden warten, während ihre Beute Wein trank und speiste.

„Was lange währt, wird endlich gut, schätze ich“, seufzte Casey und setzte sich auf die zerbrochenen Fliesen.

„Wie was? Das Knochenmark deines Cousins, serviert in einer Champagnerflöte?“, fragte Brass geistesabwesend, während er versuchte, ein Gefühl für die Umgebung des Restaurants zu bekommen.

„Ekelhaft!“

Brass hörte Casey ein Würgen unterdrücken.

„Entschuldigung“, sagte er. „Seit Liam ins Koma fiel, habe ich viele Racheszenarien in meinem Kopf durchgespielt. Ich habe sogar ein paar sehr detaillierte Skizzen in meinem Zimmer, wenn du jemals morbide neugierig werden solltest.“

„Ich denke, ich werde dankend ablehnen“, sagte Casey und schien nicht ganz so neugierig auf Brass’ künstlerische Bemühungen zu sein.

„Wahrscheinlich besser so, sie sind ziemlich grafisch. Ich habe vor etwa zwei Jahrhunderten in Europa einige Jahre lang Kunst studiert, aber ich finde, dass meine Zeichnungen auf dem neuesten Stand sind. Ich wollte einen visuellen Effekt, kein künstlerisches Flair.“

„Wirklich?“, fragte Casey mit einer helleren Stimme.

„Ich war gerade in einer kreativen Phase.“ Brass zuckte mit den Schultern. Er hatte das tatsächliche Malen den Studien vorgezogen, aber an den Kursen war er interessiert genug gewesen.

„Du lernst wirklich gerne, oder?“, sagte Casey.

„Das tue ich.“ Brass nickte.

„Bist du deshalb Sanitäter geworden?“, fragte Casey ihn.

„Teilweise war der einfache Zugang zu Blut ein Bonus, den ich einkalkuliert hatte, bevor ich beschloss, diesen Weg zu gehen“, gab Brass zu. Er hatte in der Vergangenheit nicht viele Skrupel gehabt, Menschen zu töten, aber er hatte sich selten daran erfreut … nur wenn die Beute den Tod wirklich verdiente.

„Also, das scheint einfach falsch zu sein …“, sagte Casey zögernd.

„Besser als die Alternative.“

„Nun … ich denke, das stimmt.“ Casey runzelte die Stirn.

Brass gluckste. „Ich bin nicht der Goldjunge, der Damian immer war.“

„Du hast ihn weggeschickt, weil er nicht töten wollte …“, murmelte Casey.

Das verärgerte ihn. „Wenn ich ihn nicht weggeschickt hätte, wäre Damian getötet worden. Nicht, dass es nicht unglaublich unterhaltsam für mich gewesen wäre, ihn zu beobachten, wie er sich selbst aushungerte.“ Brass spuckte die Worte aus. „Ich habe ihm das Leben geschenkt, als er angeschossen wurde und er war verdammt nah dran.“

„Was bedeutet, dass er getötet worden wäre?“, fragte Casey. „Wolltest du …?“

„Nicht ich“, schnaubte Brass. „Ich hatte mich zu dieser Zeit mit einigen hochstehenden Vampiren umgeben. Ich mochte sie nicht besonders, aber so ist richtige Erziehung eben. Trotz meiner *Macken* mit meinen verschiedenen Hobbys überschattete mein Familienname das leicht. Sie waren jedoch nicht sehr beeindruckt von unserem lieben Damian. Also habe ich ihn weggeschickt und er fand Kett in dieser Gasse, rettete sein Leben und der Rest ist Geschichte.“

„Es tut mir leid“, entschuldigte sich Casey. „Ich hätte nicht annehmen sollen –“

„Nein, hättest du nicht, aber es ist ziemlich menschlich von dir.“ Brass seufzte. „Jemanden in einen Vampir zu verwandeln ist keine leichte Sache. Die meisten sterben. Damian wäre es wahrscheinlich, wenn ich kein geborener Vampir mit starkem Blut wäre. Er überlebte und wir waren verbunden. Es war nicht das, was du als eine einfache Entscheidung bezeichnen würdest.“

„Du hast ihn geliebt, oder?“, fragte Casey mit einem schlecht versteckten Grinsen auf seinem Gesicht.

Brass rollte mit den Augen. „Ich habe in den Jahrhunderten, in denen ich lebte, nur zwei verwandelt. Der eine ist vor fast hundert Jahren gestorben, und Damian. Ich gebe zu, dass ich Damian wertschätzte, als einen Freund betrachtete, vielleicht sogar mehr. Jedoch können meine Gefühle für ihn nur mit der Flamme eines Zippo-Feuerzeugs verglichen werden, denn für mich ist Liam heller als ein Waldfeuer.“

„Das ist irgendwie schön“, sagte Casey mit einem warmen Lächeln, bevor er hinzufügte: „Du hast auch Gedichte studiert, oder?“

Brass weigerte sich, das zu beantworten. Seine Worte kamen aus seinem Herzen, Poesieunterricht oder nicht.

Sie wurden gestört, als sie plötzlich Stimmen hörten, von denen eine ihm besonders bekannt war.

Als er auf das Restaurant zurückblickte, verabschiedete sich Malcove von einem der Männer, mit denen er gekommen war, und ging in die andere Richtung davon. Brass sah auf seine Uhr. Nur ungefähr vierzig Minuten waren vergangen, das war nicht lange genug für eine ordentliche Mahlzeit.

„Sie müssen gerade die Getränke bekommen haben“, sagte Casey.

„Beeil dich“, sagte Brass, als er über die Feuertreppe auf der Rückseite des Gebäudes voraus ging. Er würde sich niemals vergeben, wenn er diese Gelegenheit durch seine Finger gleiten ließe. Er war ein Idiot gewesen, zu glauben, dass Malcove zu einem geselligen Abendessen da war. Offensichtlich war dies eher eine geschäftliche als eine soziale Angelegenheit.

Sie folgten ihm in die Richtung, die auf einen nahegelegenen Parkplatz zu führen schien, von dem Gregory gesagt hatte, dass Malcove ihn nutzen könnte. Sie blieben in sicherer Entfernung von ihm zurück, bis sie sichergehen konnten, dass er tatsächlich dort geparkt hatte. Zum Glück war ein Hexenmeister nicht die Art von übernatürlichem Wesen, das mit geschärften Sinnen ausgestattet war, oder er hätte wahrscheinlich bemerkt, dass er verfolgt wurde.

Brass gab Casey ein Zeichen stehenzubleiben, als Malcove plötzlich die Richtung änderte und einen Umweg in eine kleine Straße machte. Langsam bewegte sich Brass auf die Straßenecke zu, um zu sehen, was den Zauberer dazu gebracht hatte, seine Ziele zu ändern. Soweit Brass wusste, war diese bestimmte Straße eine Sackgasse. Bevor er jedoch an dem Backsteingebäude vorbeispähte, wich Brass zurück. Er wusste, was das Verhalten des Hexenmeisters verursacht hatte.

Er hatte ihn gerochen. *Shamus.*

Als Shamus nicht zusammen mit Malcove im Restaurant ankam, fürchtete Brass, dass sie vielleicht in Schwierigkeiten wären, aber er hatte gehofft, dennoch das komplette Set zu bekommen, nur einen nach dem anderen. Aber jetzt mussten sie beide innerhalb von Sekunden außer Gefecht setzen.

Wenn Shamus sie roch, würden Daniel und er die Oberhand gewinnen und Brass und Casey würden den Plan aufgeben müssen. Shamus selbst mochte allein keine große Bedrohung darstellen, aber wenn er seinen Gefährten warnte, bevor Casey den Hexenmeister zurückhalten konnte, würden sie keine Chance haben und Malcove wäre vorgewarnt, so dass jeder künftige Versuch nur noch schwieriger sein würde.

Brass dachte daran, sich zurückzuziehen, aber er bezweifelte, dass er wieder so eine gute Gelegenheit bekommen würde. Zusammen mit Casey nahm er einen Umweg auf den Parkplatz, da er jetzt sicher war, dass Daniel dort geparkt haben musste. Sie verschwendeten keine Zeit und fanden schnell das richtige Fahrzeug, und Brass musste zugeben, dass Caseys Fähigkeit, mit ihm Schritt zu halten, beeindruckend war.

Mit zwei geilen Gefährten musste er reichlich Ausdauer- und Kardiotraining absolviert haben.

Brass wollte nichts sagen, für den Fall, dass sie belauscht wurden, also fischte er sein Handy raus und fing an zu tippen.

Shamus. Er könnte uns spüren. Ich muss mich etwas zurückhalten, damit er mich nicht riecht. Ein menschlicher Geruch wird ihn nicht misstrauisch machen, also bleib in einem Umkreis um das Auto, der für das Einfrieren reicht. Ich bin bewaffnet und habe noch nie einen Schuss verbockt, aber bleib wachsam. Wenn sich etwas komisch anfühlt – Rückzug.

Caseys Gesicht war wie aus hellem Stein gemeißelt und er nickte entschlossen.

Brass mochte es nicht, dass er Abstand zwischen sich und Casey bringen musste, aber er musste Caseys Fähigkeiten vertrauen. Eine der Straßenlampen war ausgefallen und bot Casey reichlich Schatten, um sich zu verstecken, und Brass fand einen guten Platz direkt hinter einer alten, verlassenen Parkbucht auf der Rückseite des Grundstücks.

Sie warteten gut zwanzig Minuten, bevor Malcove und Shamus auftauchten, jeder von ihnen einen Becher mit noch dampfendem Kaffee in der Hand.

Brass konnte ein kleines Grinsen nicht unterdrücken. Der Duft ihrer frisch gebrühten Getränke würde wahrscheinlich jede Spur seines eigenen Duftes überlagern.

Sein Grinsen wurde zu einem lautlosen Höhnen, je länger er die beiden ansah. Malcove machte eindeutig unpassende Bemerkungen zu Shamus, der den Kopf schüttelte, sich aber dennoch in den Kuss des Hexenmeisters lehnte, als er nahe herangezogen wurde.

Brass' Hand zitterte, als er den Griff seiner Waffe drückte. Er wollte den Abzug betätigen, wollte sehen, wie eine seiner Kugeln in Malcoves Schädel eindrang.

Aber er konnte es nicht tun.

Brass drängte seine Wut zurück und stützte seine Hand ab. Malcove würde zu gegebener Zeit bekommen, was er verdiente. Schließlich näherte sich das *glückliche Paar* dem Auto und Brass bereitete sich auf Taten vor.

Er musste warten, bis Casey zuerst handelte oder sie würden entdeckt werden, aber er musste sich schnell bewegen, bevor Shamus herausfand, was vor sich ging. An einem guten Tag konnte Casey mehrere Leute zurückhalten, aber da Malcoves Magie so stark war, musste seine Fähigkeit auf ihn allein konzentriert sein. Was bedeutete, dass Shamus frei war, um zu tun, was er wollte.

Malcove griff in seine Tasche, um nach seinen Autoschlüsseln zu suchen, und Brass bemerkte die Sekunde, in der seine Gestalt erstarrte.

Der Moment, den Shamus brauchte, um zu erkennen, dass etwas nicht stimmte, erlaubte Brass, die Distanz drastisch zu reduzieren und da Brass' Anwesenheit offenbart war, richtete Shamus seine Aufmerksamkeit auf ihn, anstatt auf das Auto neben ihnen, wo Casey versteckt lag.

Shamus ließ seinen Kaffee fallen und bereitete sich darauf vor, sich zu verteidigen, als Brass ihn angriff, aber der schwächere Vampir hatte weder das Training noch die Geschwindigkeit, die Brass besaß, nicht einmal annähernd. Selbst mit seiner Waffe in der Hand schaffte er es, sich zu drehen, Shamus' Arm zu ergreifen und seine Schulter auszurenken.

Shamus schrie, aber der Ton wurde unterbrochen, als Brass ihn mit seiner Waffe erwischte. Shamus bewegte sich nicht und Brass war nicht überrascht. Wäre das Wiesel ein Mensch gewesen, hätte er ihm den Schädel gebrochen. Hoffentlich hatte Brass ihn nicht zu sehr beschädigt. Er würde ein viel effektiverer Anreiz für Malcoves Kooperation sein, wenn er wach war und nicht bewusstlos.

Er wandte seine Aufmerksamkeit von dem bewegungslosen Körper auf dem Boden zu dem bewegungslosen Körper, der neben dem Auto stand, und stellte sich vor Malcove, als Casey aus seinem Versteck herauskam.

„Hallo, Danny“, zischte Brass in das Ohr des Hexenmeisters.

Zufriedenheit erfüllte ihn, als er einen Schweißtropfen an Malcoves Gesicht herablaufen sah.

„Wir haben einige unerledigte Angelegenheiten zu besprechen“, sagte Brass ihm, als er seine Waffe weglegte. Er glaubte, in Malcoves Augen Erleichterung zu sehen, aber Erleichterung war nicht das, was Brass für ihn bereithielt. Allerdings würde er dem Mann etwas Ruhe gestatten, bevor er anfing.

Er nahm einen kleinen Behälter heraus und öffnete ihn, um die beiden Spritzen zu enthüllen, die mit verschiedenfarbigen Flüssigkeiten gefüllt waren, die er aus Jaces Büro geholt hatte. Einige der potenteren Sachen, die Jace mit der Hilfe seines Gefährten Link – reformierter Händler und Schöpfer übernatürlicher Drogen – entwickelt hatte.

Blau für die Schlafenszeit und pink für die Party. Allerdings vermutete Brass, dass Malcove es vorgezogen hätte, dieses besondere soziale Ereignis zu überspringen. Zu seinem Unglück war die Teilnahme Pflicht.

„Es macht dir doch nichts aus, oder?“, fragte Brass unschuldig, als er den Kragen von Malcoves schwarzem Mantel herunterzog und die Nadel tief in das freigelegte Fleisch versenkte.

Brass beobachtete, wie die Augen seiner Beute glasig wurden, als die Drogen wirkten.

„Er ist ausgeknockt“, sagte Casey mit rauer, aber fester Stimme.

„Du kannst ihn jetzt gehen lassen“, sagte Brass und beschloss, Malcove nicht aufzufangen, als er in einem erbärmlichen Haufen zu Boden sackte.

„Ich weiß nicht, wie es dir geht, aber ich halte den ersten Teil für einen Erfolg“, sagte Casey.

„Ich hätte das ohne dich nicht tun können“, sagte Brass ihm. „Ich hoffe, du weißt, wie dankbar ich bin.“

Casey lächelte. „Ich weiß es. Außerdem hattest du Recht. Wir mussten etwas tun. Wir sind vielleicht keine Gestaltwandler, aber wir sind immer noch Teil desselben Rudels.“

Brass nickte und gab Casey die Schlüssel zum SUV. „Hol das Auto und wir bringen diese Bastarde irgendwohin, wo die Leute ihre Schreie nicht hören.“ Casey nahm die Schlüssel und sah wieder ein wenig grün im Gesicht aus.

Brass würde niemals vergessen, was Casey für ihn getan hatte, aber er war sich auch sicher, dass er niemals die Dinge vergessen würde, die Brass Malcove und Shamus antun würde, wenn sie sich weigerten zu sprechen. Je länger sie Widerstand leisteten, desto schlimmer würde es werden.

Er wollte ein besserer Mann für Liam sein, aber Brass würde sich eine Pause gewähren. Zumindest bis er die Mittel fand, ihn zu wecken.

KAPITEL 15

Brass blickte auf die leuchtende Stadt in der Ferne. Sie schien so viel friedlicher zu sein, als wenn man den Krawall der Betrunkenen hören musste, die von einer Bar zur nächsten zogen. Ohne die Sirenen hören zu müssen, die in den Straßen auf der Suche nach Opfern und Tätern auf und ab eilten.

Er lehnte sich gegen den neu platzierten Baubalken und genoss die sanfte Brise, die durch das große Loch in der Mauer eindrang, das noch mit einem Fenster verschlossen werden musste, und bereitete sich geistig auf seine bevorstehende Aufgabe vor. Er wusste, was passieren musste, aber er durfte seine Wut nicht außer Kontrolle geraten lassen. Malcove so nah zu haben, nach dem, was er Liam angetan hatte, führte ihn in Versuchung. Brass hatte sich bereits ein Dutzend Mal vorgestellt, wie er ihm den Kopf abriss, seit sie ihn und Shamus hineingetragen hatten.

Hoffentlich würden die Dinge nicht zu hässlich werden, aber er hatte für alle Fälle ein paar Plastikplanen ausgelegt. Das diente sowohl als praktische Maßnahme als auch als Panikmache und ließ seine Gefangenen wissen, dass er bereit war, aufs Ganze zu gehen.

Außerdem sollte der Ort, an dem sie wohnten, innerhalb weniger Monate zu einem Apartmentkomplex werden, und

Brass wollte den Arbeitern ersparen, ein Blutbad aufwischen zu müssen.

Seine Familie hatte mehrere dieser Projekte in der Stadt. Er hatte diesen besonderen Ort gewählt, da er der abgelegenste war. Die Umgebung war so ziemlich ein Sumpf gewesen, als sie das Land gekauft hatten, so dass es keine neugierigen Nachbarn in der Nähe gab, die irgendwelche Schreie hörten – was es zum perfekten Ort machte.

Brass hatte den Vorarbeiter angerufen und ihm gesagt, dass er und seine Crew am nächsten Tag spät anfangen sollten, voll bezahlt, unter dem Vorwand, dass es zu Ehren von jemandem war, der in der Firma gestorben war, also würden sie mehr als genug Zeit haben, um Malcove zum Reden zu bringen.

„Ich denke, Shamus wacht auf", sagte Casey, als er sich zu ihm an die fehlende Wand gesellte.

Brass holte tief Luft. „Bist du bereit dafür?"

„Nicht wirklich", gab Casey zu.

„Kopf hoch, Case", sagte Brass, als er Caseys Gesicht sah. „Du wirst es schaffen."

„*Kopf hoch?*"

„Der schwierige Teil ist schon vorbei … irgendwie." Brass zuckte mit den Schultern.

„Hast du unterwegs den Verstand verloren oder so was?", fragte Casey, während er sich den Nacken rieb.

Brass wandte sich an ihn. „Wir werden es schaffen. Wir haben sie in unserer Macht und es gibt kein mögliches Szenario, in dem ich nicht das bekomme, wofür wir hergekommen sind. Ich habe großes Vertrauen in meine

Fähigkeiten.“

„Ich denke schon …“, sagte Casey zögernd.

„Ich hoffe für dich, dass Malcove seine Situation schnell erkennt und redet. Wenn nicht, werde ich mich nicht zurückhalten und ich muss meine dunkle Seite rauslassen“, erklärte Brass. „Egal, wie weit es geht, mit was auch immer du konfrontiert wirst, du darfst nicht ins Wanken kommen. Ich kann die Antwort bekommen, solange du stark bleibst und deinen Cousin ruhighältst.“

„Ich werde nicht wanken, aber ich kann nicht versprechen, dass ich mich nicht übergeben werde,“ sagte Casey ihm.

„Solange du ihn dabei festhalten kannst, werde ich nichts dagegen haben“, sagte Brass.

„Dann lass es uns tun, bevor Shamus freikommt“, sagte Casey und ging voraus zu der Stelle, wo ihre beiden Entführungs*opfer* einander gegenübersaßen, jeder auf seinem eigenen Stahlstuhl, in Ketten gewickelt.

Shamus war als Vampir physisch viel stärker als Malcove und sie hatten ihn richtig gefesselt, wobei seine Schulter immer noch ausgerenkt war. Malcoves Stärke war mit seiner Magie verbunden, von deren Gebrauch Casey ihn abhalten würde. Sie hatten trotzdem beschlossen, eine Kette um ihn zu legen. Sollte Caseys Entschlossenheit schwanken, könnten ihm die Ketten die zusätzlichen Sekunden geben, um wieder die Kontrolle über die Situation zu erlangen.

Bei den Stühlen war Shamus tatsächlich aufgewacht und kämpfte gegen die Metallfesseln.

„Ihr blöden Scheißhaufen!“, schimpfte Shamus. „Wenn

Daniel aufwacht, wird er eure traurigen Kadaver in Asche verwandeln!“

„Ach halt den Mund, Shamus.“ Brass rollte mit den Augen. „Niemand mag eine Heulsuse.“

Brass nahm den zylindrischen Behälter aus seiner Innentasche und dazu die zweite Spritze. Es war Zeit, Malcove aufzuwecken.

„Was machst du?“, wollte Shamus wissen, als Brass das Hemd des Hexenmeisters zur Seite zog.

„Ich dachte, du wolltest deinen Boss wach haben.“ Brass blieb stehen und sah Shamus an.

„Er ist nicht mein Boss“, sagte Shamus durch zusammengebissene Zähne. „Er ist mein Gefährte!“

„Mach mal langsam, Shamus. Jeder weiß, dass du nicht viel mehr bist als die Schlampe eines Herrn“, spottete Brass.

Wenn Blicke töten könnten …

Brass unterdrückte den Drang zu lächeln und richtete seine Nadel aus. Als er die Metallspitze in Malcoves Hals versenkte, wartete er, ehe er den Kolben drückte, und hielt Blickkontakt mit Casey. Brass konnte die Magie spüren, die den Mann vor ihm umgab, da sich die Haare auf seinen Armen aufrichteten.

Nach einem Nicken von Casey drückte er den Kolben und sah zu, wie die rosa Flüssigkeit verschwand.

Casey hatte es so gemacht, dass Daniel seinen Kopf bewegen konnte, um sprechen zu können, aber sie mussten schnell handeln, falls er begann, Zaubersprüche von sich zu geben.

Brass stand aufrecht und legte die leere Spritze zurück in

ihre Schachtel. Er ging zu einem kleinen Tisch in der Nähe von ihnen, wo er die Instrumente platziert hatte, die er benutzen würde, wenn sie nicht mitspielen wollten, und räumte die leeren Spritzen beiseite.

Die meisten Sachen, die er hingelegt hatte, waren ziemlich gewöhnlich. Seine Waffe, mit einem Schalldämpfer ausgestattet, lag neben seinem Jagdmesser. Daneben eine Zahnarzt-Extraktionszange, die bei Fingernägeln genauso gut funktioniert wie bei Zähnen. Außerdem hatte er einen tragbaren Bunsenbrenner und Pfefferspray mitgebracht.

In gewisser Weise sah die Sammlung fast bescheiden aus, aber ihre Anwendungsmöglichkeiten waren, sofern man kreativ genug war, endlos. Er bezweifelte, dass er sie alle benutzen musste, aber Malcove war der entscheidende Faktor dafür.

Er zog seine Jacke aus und hängte sie über einen unbenutzten Stuhl. Er vermisste seine Tweedanzüge. Er hatte seit seiner Verabredung mit Liam keinen mehr getragen und fühlte sich ohne sie ehrlich gesagt viel zu gewöhnlich. Andererseits hatte er es immer gehasst, wenn sein Tweed blutgetränkt war, also war es ganz gut, dass er stattdessen eine einfache Jeans trug, die er nicht ganz verabscheute, und ein enges, schwarzes T-Shirt.

„Was …?“, fragte Daniel, als er offensichtlich orientierungslos zu sich kam.

Brass wandte sich an den wiedererwachten Mann und nahm an, dass er genauso gut anfangen könnte, indem er nett war. Und den Bastarden eine Chance gab, der Verstümmelung zu entkommen. Er hatte es nicht verdient, aber es war nicht so, als hätte Brass erwartet, dass der Hexer den einfachen Ausweg nehmen würde.

Er wartete darauf, dass der Zauberer seine Umgebung betrachtete. Malcove starrte Shamus an, bevor er seinen Blick auf ihn richtete.

„Hallo, Daniel“, grüßte Brass den Mann.

Als er den Mund öffnete, um wieder zu sprechen, bedeutete Brass Casey, ihn vollständig einzufrieren.

„Alles zu seiner Zeit“, versicherte Brass dem Zauberer, der mit offenem Mund dasaß, „aber lass uns mit ein paar Grundregeln beginnen.“

„Verpiss dich“, knurrte Shamus ihn an; seine Augen blickten wild durch den Raum, richteten sich kurz auf seinen eingefrorenen Gefährten, dann auf Casey, dann Brass.

„Charmant“, antwortete Brass kalt auf Shamus’ kleinen Ausbruch. Er war erfreut zu sehen, dass seine Anwesenheit Shamus trotz der versuchten Rebellion beunruhigte, da er seine Kiefer zusammenpresste.

Überzeugt, dass Shamus die Einleitung ihres kleinen Stelldicheins nicht wieder unterbrechen würde, wandte Brass sich erneut an Malcove.

„Wie du inzwischen bemerkt hast, in Anbetracht deiner Unbeweglichkeit, habe ich deinen Cousin mitgebracht zu dieser … nennen wir es eine Willensübereinkunft.“ Brass warf Daniel einen eisigen Blick zu. „Du wirst viel Zeit bekommen, um zu sprechen, aber eine einzelne unpassende Silbe und Casey wird deine zauberhafte Klappe einfrieren, woraufhin die folgende Zeit damit verbracht werden wird, einen unbedeutenden Teil deines Körpers zu entfernen. Oder einen

Teil von Shamus' Körper, falls ich beschließe, die Dinge ein bisschen aufzumischen. Die Weigerung, meine Frage zu beantworten, wird auch zu körperlichen Einbußen führen. Also, verstehen wir uns?"

Malcove blinzelte und Brass nahm es als Zeichen, dass er die Risiken verstanden hatte.

Er nickte Casey zu und der senkte den Schild, damit der Gefangene seinen Kopf bewegen konnte.

„Wenn du dich mit mir treffen wolltest, hättest du einfach anrufen können", sagte Malcove zu ihm.

„Ah, weißt du, ich ziehe es vor, einige Dinge auf die altmodische Art zu machen", erwiderte Brass kühl. „Es fühlt sich dadurch persönlicher an. Wie einen Brief zu schreiben anstatt eine E-Mail zu schicken."

„Du warst schon immer ein komischer Vogel", schnaubte Malcove. „Allerdings scheint sich dein Stil verbessert zu haben. Sieht fast so aus, als hättest du diesen Stock in deinem Arsch entfernt."

Shamus kicherte.

Brass blieb ruhig und musterte Shamus, als der Mann über den Witz seines Gefährten lachte. Als Shamus schließlich aufhörte und anfing, sich unter Brass' Starren unwohl zu fühlen, entschied er, dass es Zeit war, loszulegen.

Brass nahm sein Messer vom Tisch und ging langsam zu Shamus hinüber. Er ließ die große Klinge gegen seine Seite tippen, während er sich bewegte und das Metall blitzte, als es den Strahl eines der Flutlichter auffing, die sie aufgestellt hatten.

Shamus richtete sich auf, als Brass vor ihm stand und

ihn beobachtete.

„Ich habe mich das immer gefragt. Liebst du Shamus?“, fragte Brass Malcove, ohne sich ihm zuzuwenden. „Er soll dein Gefährte sein, stimmt’s? Was bedeutet das für einen Hexenmeister? Bei Casey ist es verständlicher, wenn man bedenkt, dass er mit Wandlern verpaart ist. Und wir Vampire haben ähnliche Reaktionen wie Wandler, wenn man die Rolligkeit nicht mitrechnet. Aber was heißt das für dich? Liebst du ihn?“

„Warum fragst du?“, fragte Daniel zögernd.

Irgendwie machte Daniels Widerwille, eine Frage zu beantworten, die eigentlich leicht genug sein sollte, ihn sauer. Um dem Hexenmeister zu zeigen, dass er keine Bedenken hatte, seine versprochenen Drohungen zu erfüllen, hob Brass sein Messer und stieß es in Shamus’ rechten Oberschenkel.

Shamus schrie auf.

Brass wandte sich an Malcove, der angemessen entsetzt wirkte. „Du weißt, warum ich hier bin, *Danny*. Und wenn ich dir eine Frage stelle, erwarte ich, dass du antwortest. Ich kümmere mich nicht wirklich darum, wer den Verweis erhält, also wahle deine Worte weise.“

„Warum sollte ich dem Mann helfen, der meinem Gefährten gerade ein Messer ins Bein gerammt hat und der meinen eigenen blutsverwandten Cousin gegen mich gewandt hat?“ Malcoves Stimme klang ätzend.

„Liam ist meine Familie“, warf Casey ein und lenkte die Aufmerksamkeit auf ihn. Seine Stimme war genauso hart wie die seines Cousins. „Liam ist der Bruder meines Gefährten und das Rudel ist für mich mehr eine Familie als meine

Blutsverwandten. Du kannst dir also die Familienrede für Thanksgiving aufsparen."

„Ich frage dich, ob dir etwas an Shamus liegt. Es ist eine einfache Frage", fuhr Brass fort, bevor Malcove mit Casey sprechen konnte. „Und warum ich frage, ist, weil ich wissen will, ob du verstehen kannst, wie weit ich bereit bin zu gehen, um meinen eigenen Partner zu retten."

„Mir liegt sehr viel an ihm", beharrte Malcove.

Als er im Halbkreis herumging und das Gesicht des Hexenmeisters studierte, konnte Brass nicht feststellen, ob der Bastard die Wahrheit gesagt hatte oder nicht.

„Weißt du", sagte Brass und entschied, die lauwarme Antwort des Hexenmeisters zu ignorieren. „Shamus war immer ein trauriger, erbärmlicher kleiner Scheißer. Lief Mika hinterher wie ein sozial benachteiligter Welpe. Und Mika … na ja, er war am Ende wohl auf seine eigene Art erbärmlich, aber irgendwie schaffte er es trotzdem, Shamus viel besser zu behandeln als du, obwohl es eine gewisse Vernachlässigung gab."

„Was zum Teufel soll das heißen?", spie Malcove und schien zutiefst beleidigt zu sein. Oder vielleicht eifersüchtig auf die Andeutung, dass zwischen Mika und Shamus mehr gewesen sein könnte als auf den ersten Blick zu erkennen?

„Es bedeutet, dass ich ernsthaft bezweifle, dass Shamus sich um Hilfe an dich wandte, nur damit du den Laden übernehmen und ihn zur Seite schieben konntest. Shamus wollte der Alpha dort sein, und offen gesagt, nach all den Schwierigkeiten, die die süße, psychotische Christa verursachte, hätte er vielleicht eine Chance darauf gehabt. Die Leute hatten begonnen, ihn zu respektieren, wahrscheinlich zum ersten Mal in seinem tristen Leben. Dann winkst du mit deinem Zauberstab und übernimmst stattdessen, während Shamus zur Fick-Marionette degradiert wird. Einer, der buchstäblich über jede flache Oberfläche gebeugt wird, egal wer gerade anwesend ist. Der Respekt, den er sich verdient hat, ist jetzt weg und du bist der Grund dafür. Wer macht das mit jemandem, der angeblich sein Seelenverwandter ist? Ich könnte Liam nie etwas Derartiges antun und ich weiß, dass er mir das niemals antun würde."

„Das denkst du, hm? In der Anlage wird viel darüber geredet, wie dir nach deiner Paarung die Fangzähne gezogen worden sind. Wie du von deiner Katze zur Unterwerfung gepeitscht wurdest", spottete Malcove.

„Findest du mich zahm, Daniel?" Brass lachte dunkel und riss das Messer aus Shamus' Bein.

„Fuck, du Schlampe!", schrie Shamus.

Die Hose des Vampirs färbte sich dunkel von dem austretenden Blut. Ein leichtes Gefühl der Freude drang durch Brass' Körper, als er es sah. Die Blutung würde bald aufhören, dank der vampirischen Gene, aber so tief wie er das Messer hineingerammt hatte, würde es für die nächsten paar Tage weiter höllisch schmerzen. Außerdem konnte Brass die Wunde immer noch wieder öffnen, wenn er es für nötig hielt.

„Ich bin neugierig", sagte Brass und benutzte die Spitze seiner Klinge, um Shamus' Kopf anzuheben, so dass er ihm in die Augen sah und die Bewegung einen blutigen Fleck unter seinem Kinn hinterließ. „Wie genau bist du auf die Idee gekommen, magische Hilfe zu suchen?"

Shamus atmete schwer, um mit den Schmerzen fertig zu

werden, und sah aus, als würde er ihn ausschimpfen wollen, aber Brass drückte die Klinge an seinen Adamsapfel und schnitt in seine Haut.

„Mika", antwortete Shamus nach einer kurzen Pause.

„Und was hatte Mika jemals mit Hexenmeistern zu tun?" Brass neigte den Kopf, wollte es wirklich wissen, obwohl der Kerl tot war.

„Ein Zauberspruch", warf Malcove ein.

Wenn Malcove wollte, dass Brass seine Aufmerksamkeit auf ihn lenkte, war das sicher der richtige Weg.

Brass senkte das Messer und blickte über seine Schulter, wartete darauf, dass Daniel weitersprach.

„Er war überzeugt, dass jemand hinter ihm her ist", sagte Malcove. „Er war ziemlich … im Delirium, als er zu mir kam. Süchtig nach dem Blut dieses Menschen. Wir hatten uns einige Male auf Partys von seinen Eltern getroffen. Ich hätte den Kerl weggeschickt, aber ich dachte mir, es wäre amüsanter zu sehen, wie die Dinge sich entwickeln."

„Was war der Zauberspruch?", fragte Casey von der Seite, offenbar genauso neugierig wie Brass.

„Es war einfach genug", kicherte Malcove dunkel. „Ich sagte ihm, dass ich ihm nicht helfen würde, ihn zu retten, aber inspiriert von ein paar Vampirfilmen, die ich kürzlich gesehen habe, habe ich es so gemacht, dass wenn er ermordet würde, anstatt einfach nur zu sterben, würde sein Körper auseinanderbrechen und zu Staub werden."

„Um keine Leiche zu hinterlassen, an der was gedreht werden könnte", vermutete Brass.

„Mika hat mir später an dem Abend von dem Spruch

erzählt, als er also vermisst wurde und Christa versucht hat, es dem Mischling anzuhängen …“ Shamus ließ den Satz unbeendet.

„Ein schlauer Spruch“, gab Brass zu, als er sich Malcove zuwandte. „Ich nehme an, alle deine Zaubersprüche sind das.“

Malcoves Kiefer wurde sichtlich angespannt, als Brass zu der eigentlichen Sache zurückkehrte.

„Du weißt, was ich will“, sagte Brass und starrte ihm direkt in die Augen.

„Du bist viel zu weit gegangen, Brass. Das wird nicht toleriert“, beharrte Daniel. „Der Rat …“

„Ich bin zu weit gegangen?“ Brass lachte düster. „Nein, ich denke nicht. Ich bin endlich wieder in meinem richtigen Element. Und was den Rat betrifft, wenn sie eine offizielle Beschwerde gegen mich erheben wollen, dann … nun, ich würde gerne sehen, wie sie es versuchen.“

Daniel Malcove musste erkennen, dass er nicht aufgeben oder ermüden würde. Brass hatte keine Gnade für verkommene niedere Lebensformen, und was von seiner Geduld übriggeblieben war, war zum größten Teil bereits davongerannt.

Um seine Aussage zu beweisen, stach er das Messer erneut in Shamus’ Wunde und drehte die Klinge herum, bevor er es wieder herauszog und sich schnell umdrehte, um das Messer auf Malcoves rechtes Schlüsselbein zu richten. Er spürte, wie die Kante seiner Klinge auf Knochen traf, und lächelte kalt. Shamus’ Schreie hallten durch das Gebäude zusammen mit Malcoves.

„Hör auf damit“, rief Malcove voller Schmerz und

zeigte schließlich seine Sorge um sein und Shamus' Wohlbefinden.

„Hör auf mit was, Daniel?“, fragte Brass ihn mit einer unheimlich ruhigen Stimme, als er das Messer aus Malcoves relativ oberflächlicher Wunde zog. „Hör auf, deinen Gefährten zu verletzen? Hör auf, dich zu erstechen? Warum sollte ich? Du hast meinen Gefährten verletzt und dadurch hast du mir weh getan und wie heißt es … Gleiches Recht für alle?“

„Ich war derjenige, der Liam verzaubert hat, nicht Shamus. Ich habe ihm nicht einmal die Bedingung erzählt, um den Zauber zu brechen.“

„Endlich zeigst du ein wenig dürftiges Gefühl von Anstand. Natürlich beweist du damit, dass du es Shamus nicht gesagt hast, nur, was du für ein Scheißkerl bist. Du vertraust nicht einmal deinem eigenen Gefährten.“ Brass war wirklich angewidert von dem Hexenmeister. Liam war alles für Brass, er war sein Gefährte, sein bester Freund … alles. Er würde Liam mit seinem Leben vertrauen, während Malcove Shamus nicht einmal mit seinen Geheimnissen vertraute.

Brass war übel, als er realisierte, dass er buchstäblich für Shamus beleidigt war.

Ärgerlich ging Brass wieder zum Tisch und legte sein bluttriefendes Messer zur Seite. Er überlegte, Malcove mit dem Pfefferspray zu behandeln, einfach nur, weil er es konnte. Er hob es sogar auf und hielt den kleinen Behälter in der Hand, bevor er sich schließlich dagegen entschied. Er wollte, dass der Hexer sah, was als Nächstes passierte.

Er kramte in seinen Jackentaschen, holte ein goldenes Zippo-Feuerzeug und ein Päckchen mit Zigaretten hervor und musterte es ein wenig, bevor er es öffnete und eine herausnahm, zwischen seine Lippen steckte und anzündete. Das Päckchen mit dem Rest der Zigaretten sowie das Zippo ließ er auf dem Tisch zurück, als Brass den Bunsenbrenner nahm und zu Malcove zurückkehrte, der wie festgefroren dasaß.

Es war fast zwanzig Jahre her, seit er zuletzt eine Zigarette geraucht hatte. Aufhören war echt beschissen gewesen und er hatte gehofft, dass eine Zigarette ihn nicht wieder in Abhängigkeit bringen würde. Er musste es sich als Werkzeug vorstellen, nicht als Vergnügen, aber es fühlte sich an, als wäre es ein bisschen von beidem.

Er schaltete das Gerät an, hielt es an seine Zigarette und zündete sie an. Er beobachtete die tanzende blaue Flamme, bevor er den Brenner senkte und die Zigarette aus seinem Mund nahm, um eine Wolke aus hellgrauem Rauch herauszulassen. Er nahm einen weiteren langen Zug und seufzte, als er den Rauch wieder entweichen ließ.

Bei all dem Stress, den er durchgemacht hatte, schien das Nikotin Brass' Seele zu beruhigen, ähnlich wie sein Lieblings-Scotch. Seine Lungen waren nicht ganz einverstanden damit, dass die giftige Luft in sie hineingepresst wurde, und er musste ein Husten ersticken, das wahrscheinlich in einem Hustenanfall geendet wäre, wenn er es nicht verhindert hätte.

„Ich denke, du schuldest Shamus eine Entschuldigung“, sagte Brass, als er versuchte, sich mit seinem Glimmstängel nicht zu sehr zu trösten.

„Ich werde mich nicht dafür entschuldigen, dass ich ein

Anführer bin“, zischte Malcove, doch zumindest hatte er den Anstand, Brass, der immer noch den brennenden Bunsenbrenner hielt, nervös anzusehen, während er auf dessen Reaktion auf seine Worte wartete.

„Ich sage dir nicht, dass du dich dafür entschuldigen sollst, ein Anführer zu sein, ich sage dir, dass du dich dafür entschuldigen sollst, beschissener Abschaum zu sein, der nicht einmal den Wert eines echten Gefährten sehen kann“, sagte Brass.

Als Daniel es nicht tat, sog Brass eine letzte Rauchwolke ein und kniff die Spitze zusammen, um das verdammte Ding auszulöschen. Es war nett gewesen, aber wie Malcove hinterließ es einen schlechten Nachgeschmack.

„Du solltest dich wenigstens dafür entschuldigen, dass Shamus so viel leiden muss, weil du nicht die geringste Lust hast, mir die Lösung deines Zaubers zu erzählen“, sagte Brass und sah ihn angewidert an. „Wenn du mehr von diesem Schmerz selbst erfährst, wirst du vielleicht deinen Verstand klarkriegen.“

Er hob den Brenner, hielt die blaue Flamme nahe an Daniels Gesicht und beobachtete, wie die Haut des Hexenmeisters sich zu röten begann und er versuchte, sein Gesicht so weit wie möglich von der Hitze wegzuhalten. Mit Caseys magischen Beschränkungen, die immer noch in Kraft waren, war das nicht weit.

„Du bist nur eifersüchtig“, zischte Shamus, der immer noch mit dem Schmerz in seinem Bein rang. „Eifersüchtig, weil Liam ihn für dich nicht mehr hochkriegt.“

Wenn Shamus Brass ans Bein pissen wollte, hatte er es

beim ersten Versuch richtig gemacht.

Brass' Geduldsfaden war dünn geworden. Er schaltete den Brenner aus und warf ihn praktisch wieder auf den Tisch, bevor er seine Pistole packte. Ohne hinzusehen, drehte er seine Hand nach hinten und drückte ab.

Shamus schrie, und seine Schmerzensschreie wurden vor Überbeanspruchung heiser.

Brass wusste genau, wo er ihn getroffen hatte. Shamus sollte dankbar sein, dass er es auf seine ausgerenkte Schulter abgesehen hatte und ihn nicht stattdessen kastrierte.

„Hör auf damit!", schrie Malcove erneut und klang dieses Mal verzweifelt. „Hör einfach auf!"

„Dann sag mir, was ich wissen will!", knurrte Brass, ein Geräusch, das den Lauten, die Liam machte, so erschreckend ähnlich war, dass es sein Herz schmerzen ließ. Brass fühlte sich, als wäre er kilometerweit gelaufen und atmete mehrmals tief durch, während er darauf wartete, dass Malcove antwortete.

Aber er tat es nicht.

Offensichtlich mochte der Hexenmeister nicht verlieren und hielt den Mund geschlossen.

Brass nahm die Pistole und steckte sie in seine Jeans, bevor er zu Shamus trat.

„Du bist ein Monster, Shamus", begann Brass. „Abschaum, der nur auf den Tötungslisten der Leute hoch eingestuft wird. Du hast gequält, getötet und dich daran erfreut. Und es ist klar, dass nicht einmal dein eigener Gefährte dich vermissen wird. Warum bist du überhaupt hier?"

Shamus sah nervös aus, aber nicht nervös genug, um

seinen Hass nicht zu zeigen.

„Du sagst das, als ob du anders wärst“, spuckte Shamus aus. Die Tropfen erreichten Brass’ Schuhe.

„Ich *bin* anders“, sagte Brass ihm. „Weil ich einen Gefährten habe, der mich liebt.“

„Geh und fick dich selbst.“ Shamus drehte den Kopf weg.

„Ich habe dich angestochen, Shamus. Verdrehte das Messer und riss es heraus. Und ich habe auf dich geschossen“, erinnerte Brass ihn. „Trotzdem will dein Gefährte immer noch nicht reden. Ihm liegt nichts an dir, nicht genug, um mich meinen Partner wiederbekommen zu lassen. Dies ist kein großartiger Kampf um dein abgefucktes, erfundenes Königreich. Ich war vollkommen bereit, euch beide als Gegenleistung für die Antwort gehen zu lassen und euch an einem anderen Tag zu jagen. Du könntest jetzt zu Hause sein, mit dem einzigen Unterschied, dass *Dannys* kleinlicher Zauber gebrochen wäre.“

Shamus weigerte sich, Blickkontakt aufzunehmen, aber Brass konnte sehen, dass seine Worte ihn beeinflusst hatten.

„Mir liegt was an ihm“, beharrte Malcove.

„Dann sag mir, wie ich den Zauber, den du Liam auferlegt hast, brechen kann“, sagte Brass, der immer noch Shamus gegenüberstand.

„Wenn ich dir die Bedingung erzähle, wirst du uns beide töten.“

Ein gruseliges Gefühl schoss durch seine Wirbelsäule.

„Brass …?“, sagte Casey; die Unsicherheit in seiner Stimme war klar.

Brass blickte zu seinem Helfer zurück, aber er wusste nicht, was er sagen sollte. Was hatte Daniel mit diesen Worten gemeint?

„Sag mir die Bedingung“, verlangte Brass.

„Versprich mir, dass du uns gehen lässt“, beharrte Malcove. „Schließe das Abkommen ab. Sprich die Wörter.“

„Sag mir die Bedingung“, wiederholte Brass.

Wenn die Aufgabe, die Malcove als Bedingung für Liams Rettung gestellt hatte, so schrecklich war, dass er sicher war, dass Brass sie töten würde, wenn er es herausfände … dann wollte Brass sie nicht befreien. Wenn die Bedingung so schrecklich war … dann wollte er die Gelegenheit nicht verpassen, ihnen ein Ende zu setzen.

„Die Worte!“, verlangte Malcove erneut.

Brass zitterte. Wenn er sich nicht bald beruhigte, würde er eine Panikattacke bekommen. Er hatte noch nie zuvor eine gehabt, aber er war ziemlich sicher, dass es sich so anfühlte, wenn sich eine anbahnte.

Zuvor hatte er nur gehofft, den Hexenmeister dazu zu bringen, seine Geheimnisse zu verraten … Er hatte nie darüber nachgedacht, wie dunkel die Natur der Bedingung tatsächlich sein könnte. Er wusste, dass es etwas sein musste, auf das man nicht zufällig gestoßen wäre. Es könnte alles sein …

„Brass“, sagte Casey.

Er wusste, dass er riskierte, Liam zu verlieren, wenn er Malcove nicht die Zusicherung gab, dass Brass die beiden nicht töten würde, aber …

„Nein.“

„Gib es auf.“ Shamus verdrehte seine Augen. „Du wirst

deine blöde Bedingung bekommen. Wenn sie so abgefuckt ist, dass du nicht damit klarkommst, dann bring dich um und du musst dir keine Sorgen mehr machen. Hölle, töte Liam zuerst und ihr könnt im Jenseits zusammen sein."

Brass drehte durch. Als Timothys Worte zu ihm zurückkehrten, *wenn einer stirbt, stirbt auch der andere,* drückte er den Daumen in die Schusswunde in Shamus' Schulter. Er schob seinen Finger so tief hinein, dass er das Metallstück fühlen konnte, das noch darin steckte. Wenn er ein bisschen härter dagegen drücken würde, könnte er die Kugel einfach aus Shamus' Körper herausschubsen.

Brass wurde überrascht, als Elektrizität durch ihn schoss. Er zuckte zurück und ließ Shamus von der letzten Folter winselnd zurück.

Brass knurrte angesichts des Schmerzes von dem Stromstoß, mit dem er getroffen worden war und als er verblasste, fühlte Brass sich, als wäre er aus einem Albtraum aufgeweckt worden … von einem Zitteraal.

Er sah zu Casey hinüber, der immer noch weiß-blaue Funken um die Finger seiner ausgestreckten Hand zu haben schien. Brass unterdrückte seine Wut über den unerwarteten Angriff und wusste nicht recht, ob er ihn erwürgen oder ihm danken wollte.

„Du hast *mein* Wort", sagte Casey, „dass ihr lebend hier rauskommt, wenn du uns die Informationen gibst."

Malcove sah aus, als wäre er ebenfalls von dem Blitz getroffen worden, oder er war nur überrascht von Caseys Machtausübung.

Soweit es seine Magierfamilie wusste, war Casey immer

ein Versager gewesen, der nie in der Lage gewesen war, über seine Fähigkeit, Menschen zu lähmen, hinaus richtige Magie einzusetzen, und deshalb aus seinem Zuhause vertrieben worden war.

Brass wusste, dass Casey schon bald, nachdem er dem Rudel beigetreten war, angefangen hatte, seine Fähigkeit, Leuten Elektroschocks zu verpassen, zu entwickeln, aber er hatte nicht gewusst, dass der Hexer so stark geworden war.

Brass richtete sich auf und entschied sich, nicht gegen Casey vorzugehen. Nicht, weil er glaubte, er könnte wieder elektrisiert werden, sondern weil er wusste, dass, egal wie verheerend Malcove die Bedingung gemacht hatte … er musste wissen, was es war.

Den Bastard hinterher gehen zu lassen mochte hart sein, aber offen gesagt, alles, was er brauchte, um sich an einem anderen Tag an dem Hexenmeister zu rächen, war ein Scharfschützengewehr, und Brass besaß mehrere.

„Bitte", sagte Brass besiegt. „Sag's mir einfach."

„Ich wollte nicht, dass es etwas ist, was du selbst herausfinden könntest", begann Daniel und leckte nervös seine trockenen Lippen. „Es musste etwas sein, das nie passieren würde … nicht, außer du hast deinen Verstand verloren."

Brass hielt den Atem an. Er *musste* es wissen, aber er war nicht sicher, ob er hören wollte, was der Hexer sich ausgedacht hatte.

„Es musste etwas sein, was du nie tun würdest, also dachte ich mir dort im Restaurant … *hey, er würde ihn niemals töten …*"

Brass fühlte sich, als würde die Welt drohen, um ihn

herum zusammenzubrechen, als ihm das Blut aus dem Gesicht wich.

Ihm war kalt. Eiskalt.

„Du sadistisches Stück Scheiße …“, flüsterte Brass tonlos, aber dann flackerte seine Wut auf und drohte ihn zu übernehmen. „Du sagst mir, dass der einzige Weg, den Mann zu retten, den ich liebe, ist, sein Leben zu nehmen? Du lügst! Sag mir, dass du lügst!“

„Ich schwöre, ich tue es nicht“, sagte Malcove und wandte sich Casey zu. „Cousin, mein Gefährte braucht medizinische Hilfe und ich habe mein Ende der Abmachung eingehalten. Bleib deinem Wort treu.“ Casey war blass und schien selbst an Ort und Stelle erstarrt zu sein.

Malcove hatte Recht gehabt … dachte Brass.

Auf keinen Fall konnte er sie jetzt gehen lassen.

„Wenn du mir wirklich sagst, dass ich Liam töten muss …“, begann er und sagte, als er seine Waffe wieder herausholte und sie auf Shamus’ Kopf richtete. „Warum übe ich es nicht, indem ich deinen erledige?“

KAPITEL 16

„Brass! Tu es nicht!“ Damians Stimme durchdrang den Raum.

Der blonde Vampir lief zu ihnen hinüber und Brass blinzelte. Was zur Hölle machte der hier?

Er war auch nicht allein. Zane und Kett waren bei ihm, zusammen mit einer Frau mit langen, dunkelroten und lockigen Haaren.

„Miranda.“ Malcove lächelte erleichtert. „Danke Gott!“

Die Frau, die Brass jetzt als die Gattin des Hexenmeisters erkannte, stieß einige Worte aus und Malcove zischte vor Schmerzen, als sein Körper kurz gelb aufblitzte.

„Du kannst ihn jetzt loslassen“, sagte Miranda zu Casey, der gehorchte und Daniel anscheinend nicht mehr als Bedrohung ansah.

„Du hast mich verhext?“, schrie Malcove wütend.

Brass war es egal, worüber Malcove meckerte und seiner Frau anscheinend auch. Er wollte wissen, was vor sich ging. Er würde ja fragen, aber Zane stand vor ihm und schlug ihn, ließ Brass einige Meter durch die Luft fliegen, bevor er mit dem Arsch zuerst auf dem harten Betonboden landete. Glücklicherweise hatte er den Finger vom Abzug genommen, als die Neuankömmlinge eintrafen, oder die Waffe wäre losgegangen.

„Zane, nicht.“ Casey eilte herüber, um den Wolfswandler davon abzuhalten, Brass wieder anzugreifen.

„Was zur Hölle glaubst du, hast du getan?“, schrie Zane seinen Gefährten an.

„Einem Freund geholfen, das habe ich gemacht. Freiwillig“, sagte Casey in einem strengen Ton zu seinem großen Wandlergefährten.

Zane schüttelte den Kopf und zog Casey in seine Arme.

„Du hättest verletzt werden können“, flüsterte Zane.

„Brass hätte das nicht zugelassen“, versicherte Casey. „Glaub es oder nicht, wir zwei sind ein ziemlich gutes Team.“

Trotz der Schmerzen in seinem Kiefer lächelte Brass traurig. Er musste zugeben, dass Casey Recht hatte. Sie hatten ein hervorragendes Team abgegeben, aber was sie herausgefunden hatten … Vielleicht wäre es besser gewesen, es nicht zu wissen.

„Ja, nun, ihr zwei werdet nie wieder ein Team sein“, knurrte Zane.

„Es tut mir leid“, sagte Brass, als er wieder aufstand. „Aber ohne seine Hilfe hätte ich nie die Antwort bekommen, die ich brauchte. Das heißt … es sei denn, Daniel lügt.“

„Ist es dein Gefährte, der von dem bedingten Zauber betroffen ist?“, fragte Miranda Brass.

„Ja“, bestätigte Brass tonlos. „Ich nehme an, du hast keine Möglichkeit zu sagen, ob das, was er gesagt hat, wahr ist oder nicht?“

„Leider doch“, antwortete sie. „Ich habe gehört, wie er vor ein paar Tagen mit seinem Bruder geredet hat … über jemanden, der getötet werden muss, um gerettet zu werden.“ Die anderen Neuankömmlinge keuchten.

„Was heißt das?“, fragte Kett voller Qual, als er sich auf Damian stützte.

Brass konnte ihn nicht ansehen und wandte dem kleinen Bruder seines Gefährten den Rücken zu, während Casey und Zane sich beeilten, ihren Gefährten zu trösten.

Brass wollte sich übergeben. Er hatte die schwache Hoffnung gehegt, dass Malcove einfach nur Spielchen gespielt hatte. Ein letzter Gedanken-Fick, der ihn über den Rand des Wahnsinns schicken würde.

„Immer spionierst du rum“, spie Malcove seine Frau an.

Brass hätte schwören können, dass er in Mirandas Blick rote Flammen gesehen hatte, als sie zu ihrem Ehemann zurücksah.

„Ich werde keine abfälligen Bemerkungen von dem Bastard akzeptieren, der mich geheiratet hat, seinen Gefährten in einem Mann gefunden und mich danach weiter gefickt!“

„Warum eine Kuh behalten, wenn du mit ihr keinen Nachwuchs kriegen kannst“, höhnte der magisch zurückgehaltene Hexenmeister.

„Wow, du bist ja auf besondere Art gestört.“ Kett schüttelte den Kopf, offensichtlich angewidert von dem Verhalten des Hexenmeisters.

„Kein Witz“, sagten Damian und Casey gleichzeitig.

„Ich will Kinder“, sagte Malcove sachlich. „Und so sehr ich Shamus auch liebe, und so sehr ich es auch versucht habe, ich kann keinen Mann schwängern.“

„Du verdienst keine Kinder, Danny.“ Miranda schüttelte

den Kopf. „Aber ich kann dir sagen, dass ich schwanger bin."

Die Nachricht schien Malcove aufzumuntern und er lächelte.

„Obwohl ich dir auch sagen kann, dass es sehr unwahrscheinlich ist, dass es deins ist", fuhr sie fort. „Zwischen uns gab es nie Liebe, aber ich dachte, dass die Ehe mit dir ein gutes Arrangement für uns wäre. Bis du Shamus getroffen hast. Also dachte ich, wenn du jemanden haben kannst, könnte ich es auch. Und rein zufällig traf ich einen Mann und wir haben uns in den letzten paar Monaten sehr häufig gesehen."

„Du verdammte Hure", spie Malcove.

„Gleichfalls", erwiderte Miranda. „Ich liebe diesen Mann tatsächlich und ich bete inständig, dass das Kind seins ist. Aber selbst, wenn es das nicht ist, wirst du das Kind nie sehen. Nicht dort, wo du hingehst."

„Wo genau geht er hin?", fragte Brass und fühlte seine Energie aus seinem Körper weichen. „Niemand hat wirklich etwas darüber gesagt, warum ihr überhaupt hier seid. Ich war ziemlich beschäftigt, als ihr reingeplatzt seid."

„Dinge passieren", sagte Damian. „Der Rat wurde offiziell für nutzlos erklärt."

„Von wem?", fragte Brass.

„Von allen", antwortete Miranda. „Ich habe persönlich mit dem Ältesten Merrin gesprochen, dem Vertreter der Zauberer, und er hat zugestimmt, zurückzutreten und mich an seine Stelle zu setzen."

„Bist du für diese Position qualifiziert?" Brass runzelte die Stirn. Zugegeben, er wusste wenig von der zaubernden

Rothaarigen, aber sie schien schrecklich jung, um sich für einen Sitz im Rat zu qualifizieren.

„Ich habe einen Abschluss in Unternehmensrecht und Ältester Merrin ist zufällig mein Großonkel“, erklärte Miranda.

„Sie hat bereits den Hexenmeistern befohlen, die Räumlichkeiten auf dem Gelände zu räumen und alle dort verbliebenen Wandler freizulassen. Solomon und der Werwolf-Vertreter Boris haben eine Crew zusammengestellt, die sich um jeden kümmern soll, der Ärger machen will. Es wird für immer geschlossen.“

„Wie ist das so schnell passiert?“ Brass runzelte die Stirn.

„Ich habe bereits meinen Standpunkt vertreten, als Jorgens und die anderen kamen. Sie waren der letzte Nagel im Sarg“, erzählte sie ihm. „Mit dem weißen Tiger an meiner Seite, der Nennung von dir gegenüber dem Vampir-Repräsentanten und Boris, der schon auf unserer Seite war, brauchten sie nur wenige Minuten, um zu dem Schluss zu kommen, dass sie ihren Zweck für die Gemeinden nicht erfüllt haben.“

„Ich bin nach Hause geeilt, um es euch zu sagen“, sagte Zane. „Aber jemand wurde vermisst und es gab eine ganze Reihe schuldbewusst aussehender Gesichter.“

„Wie hast du es geschafft, uns so schnell zu finden?“, fragte Brass laut.

„Ich habe deine Mutter angerufen“, sagte Damian. „Sie schien nicht so scharf darauf zu sein, mit mir zu reden, aber sie hat uns gesagt, wo sie vermutet, dass du hingehen würdest, um jemanden zu befragen, ohne dass jemand dazwischenkommt. Dass deine Familie mehrere verlassene und im Bau befindliche

Immobilien-Projekte in der Stadt hat. Dieser Ort war der abgelegenste, also haben wir es hier versucht."

„Guter Gedanke. Mutter ist nie scharf darauf, mit irgendjemandem zu sprechen, es sei denn, es ist ein anderer wohlhabender, alleinstehender Junggeselle mit einem stattlichen Stammbaum." Brass schüttelte den Kopf. „Obwohl ich nicht sicher bin, wie ich mich fühle, so vorhersehbar zu sein. Die Leute lesen mich wie ein offenes Buch. Auf jeden Fall würde ich gerne wissen, wo meine Gefangenen hingebracht werden."

„Der Rat muss vielleicht von Grund auf demontiert und neu strukturiert werden, aber sie haben großartige Einrichtungen", informierte Miranda ihn. „Ich habe Daniel bereits festgezurrt und ihn daran gehindert, seine Magie einzusetzen, aber das wird nicht lange dauern. Die Zellen, die vom Rat zur Verfügung gestellt wurden, haben eine eingebaute magische Blockade. Er wird seine Magie für eine sehr lange Zeit nicht benutzen können."

„Und wie bringst du sie dorthin?", fragte Brass.

„Ich habe Leute bei mir", erklärte sie. „Ich habe ihnen gesagt, sie sollen auf mein Zeichen warten – für den Fall, dass du schlecht reagieren würdest. Ich rufe sie jetzt an und lasse sie den Transport einleiten."

Es war ihm egal, ob sie anrief. Brass hätte noch genug Zeit, um ein letztes Puzzleteil fertigzustellen.

Brass ging zu Shamus hinüber, der völlig erschöpft aussah. Er hatte viel Blut verloren, weil sein Körper nicht in der Lage war, ihn in der erforderlichen Geschwindigkeit zu heilen, aber er war immer noch genug bei Bewusstsein, um verängstigt auszusehen, als sich Brass näherte.

Brass hatte seine Waffe nie losgelassen, nicht einmal als Zane ihn schlug. Jetzt hob er sie und drückte sie Shamus an den Hals.

„Was zum Teufel machst du da?“, rief Damian, aber Brass ignorierte ihn.

„Erzähl mir alles, was du über Zeke weißt“, sagte Brass zu Shamus.

„Ich weiß nichts“, keuchte Shamus.

„Ich kann nicht autorisieren …“, begann Miranda, stockte aber mitten im Satz.

Brass fühlte die vertraute Atmosphäre der Magie, als Casey die anderen Leute im Raum zurückhielt, da er plötzlich zusätzliche Stärke fand, um seine Fähigkeiten zu stärken.

„Er weiß etwas?“, fragte Casey ihn. Überraschung stand ihm ins Gesicht geschrieben.

Brass drehte sich zu ihm um und sah, dass er sogar Kett und Zane eingefroren hatte. „Lass es uns herausfinden.“

„Du weißt etwas, oder du kennst jemanden, der das tut“, sagte Brass sachlich zu Shamus, der heftig schwitzte. „Wo sind Zeke und der Rest der fehlenden Wandler?“

„Ich hoffe wirklich, dass du zur Hölle fährst“, sagte Shamus. „Ich weiß nicht, wo er ist. Anstatt mich zu ärgern, solltest du den Bücherwurm fragen, der für dich gearbeitet hat.“

„Gregory?“ Brass runzelte die Stirn. „Warum sollte er etwas darüber wissen?“

„Ich kann mir nicht sicher sein, ob er etwas weiß, aber er redete viel mit Christa, wenn sie dachten, dass niemand hinsieht, und ich weiß, dass sie eine der letzten Personen war, die Zeke gesehen haben“, sagte Shamus.

Soweit Brass gewusst hatte, wusste Christa kaum, dass Gregory existierte. Welchen möglichen Grund konnte Gregory dafür haben, dass er etwas mit ihr und den fehlenden Wandlern zu tun hatte?

„Wer ist Gregory?“, fragte Casey.

„Er war mein Assistent, als ich auf dem Gelände war“, antwortete Brass. „Ich kann mir nicht vorstellen, dass er mit Christa zusammenarbeitet. Er ist ein harter Arbeiter und wahrscheinlich der Einzige auf dem Gelände, dem ich vertraute.“

„Christa war schon immer ein Monster und es würde mich nicht wundern, wenn sie Zeke etwas angetan hätte, um mich und Zane zu bestrafen, weil wir entkommen sind“, sagte Casey durch zusammengebissene Zähne.

Brass dachte über die neuen Informationen nach, bevor er sich wieder an Shamus wandte. „Du würdest sonst nichts über Zekes Aufenthaltsort verbergen, oder?“

Etwas blitzte in Shamus’ Augen auf und Brass knallte den Kolben seiner Waffe gegen die Schläfe des Wiesels. Seine Beute schrie auf, als das Metall mit seinem Kopf zusammenprallte und als Brass erneut seine Waffe hob, zuckte Shamus zusammen.

„Warte!“, flehte er.

Brass hielt inne und wartete darauf, dass der Mann sprach.

„Ich habe gehört, dass Christa etwas über eine Mission gesagt hat, bei der Wandler benutzt werden.“

„Wessen Mission?", verlangte Brass zu wissen.

„Das ist alles, was ich von ihr gehört habe, und ich weiß nicht, ob dies etwas damit zu tun hat, aber einige der Wachen, die für Christa waren, sprachen davon, Wandler zu einem gewissen Haus zu bringen, das sich nicht auf dem Anwesen befindet und dass mehr Sicherheit benötigt wird, um den Bereich abzudecken. Ich schwöre, das ist alles, was ich weiß."

Brass wollte immer noch auf ihn schießen, aber wenn Daniel und Shamus eingesperrt wurden und das bedeutete, dass sie für den Rest ihres Lebens auseinander gehalten wurden … dann würde das ausreichen. Immerhin war es ziemlich poetisch. Daniel hatte Brass und seinen Gefährten auseinandergebracht, indem er Brass dazu verurteilte, Liam zu ermorden, nur um eine Chance zu haben, ihn zurückzubekommen – wenn er ihn zurückbekommen könnte – und jetzt würde ausgerechnet diese Tat den Zauberer von seiner eigenen verkorksten Liebesaffäre fernhalten.

Er hätte sie bemitleidet, wenn er sie nicht so sehr hassen würde. Das *Ich-würde-das-nicht-mal-meinem-schlimmsten-Feind-wünschen*-Gefühl galt diesmal nicht.

Vielleicht würde er sich anders fühlen, wenn er es schaffte, Liam zurückzubekommen – aber jetzt konnten die Bastarde in der Hölle verrotten, was ihn anging.

„Wenn sie ihn außerhalb der Basis festhalten …", murmelte Casey, bevor ein Licht in seinen Augen aufzugehen schien. „Das Land des Rudels. Als die Vampire die Wandler jagten, ging es um ihr Land. Ich wette um eine Million Dollar, dass sie sie irgendwo draußen im Grünen versteckt haben."

„Reden wir hier nicht von zahllosen Hektar Land?",

fragte Brass skeptisch. „Von über einem Dutzend Rudeln?“

„Sicher.“ Casey zuckte mit den Schultern, „aber wir reden von gut dokumentierten Hektar Land. Wenn wir in der Anlage nichts finden können, sollten die freigelassenen Wandler helfen können.“

„Zumindest ist das ein Fortschritt.“ Brass lächelte schwach. Eine gute Nachricht war besser als gar nichts.

Jetzt war alles, was Brass noch tun musste … Liam das Leben zu nehmen.

KAPITEL 17

Brass versuchte, das Zittern in Schach zu halten, aber er hatte nicht viel Glück damit. Sein Herz hatte auch noch nie so stark gepumpt. Vampire hatten einen Herzschlag wie alle anderen auch, aber der war nicht annähernd so schnell wie der eines Menschen. Da er ein Vampir war, war Brass unsicher, ob es sich so anfühlte, ein Mensch zu sein oder ob es noch schlimmer war.

Er tendierte zu Letzterem.

Wie auch immer, er kümmerte sich nicht viel darum. Er zog es vor, ruhig zu sein. Ruhe bedeutete Gewissheit – Gewissheit, dass sich alles so entwickeln würde, wie es sollte.

Er hatte sich mit Miranda und Casey über die Bedingung beraten, um den Zauberspruch zu brechen. Miranda hatte ihn gewarnt, dass er derjenige sein musste, der es tat, weil die Bedingungen immer spezifisch waren.

Die Bedingung, die Malcove gestellt hatte, war nicht, dass Liam sterben würde, sondern dass Brass das Leben des Mannes nahm, den er liebte. Allerdings konnte ihm niemand eine klare Antwort geben, ob Liam zu töten bedeutete, dass Liam tot bleiben würde oder nicht.

Brass wusste, dass die Bedingung mit einem minimalen Trauma für Liams Körper erfüllt werden musste. Jace war ein guter Arzt, aber Brass wollte nicht, dass er Chirurg spielen musste. Casey hatte einen Stromschlag vorgeschlagen, aber Miranda hatte ihnen gesagt, dass es vielleicht nicht funktionierte, dass eine Bedingung, die den Tod beinhaltete, vielleicht mehr von Hand erledigt werden musste. Außerdem war nicht abzuschätzen, welche Schäden Liam erleiden würde, wenn er mit hohen elektrischen Spannungen getroffen wurde. Wandler waren schwer zu töten, vor allem in ihrer Triferus-Form. Die Spannung, die benötigt würde, um Liam zu töten, wäre verheerend.

Wäre Liam ein Mensch gewesen, hätte Brass es vermutlich geschafft, indem er ihn verwandelte. Ihn zu einem Vampir machte, aber das würde mit einem Gestaltwandler nicht funktionieren. Am Ende entschieden sie sich jedoch dafür, dass es wahrscheinlich die beste Option wäre, ihn auszutrocknen. Brass würde seinen Gefährten beißen und sein Blut nehmen, bis Liams Herz aufhörte zu schlagen … dann würden sie Blut, gespendet von seinen Brüdern, in seinen Körper pumpen und intensivst beten, dass es genug wäre, um ihn zurückzubringen.

Im Augenblick versammelten sich die Truppen noch. Damian, Jace und Link richteten die medizinische Ausrüstung ein und stellten sicher, dass sie genug Adrenalin hatten, um Liams Körper wieder zum Laufen zu bringen. Kett und Maddox hatten in den letzten Tagen bereits jeweils ein paar Beutel Blut gespendet, waren aber in Bereitschaft, falls Liam mehr brauchte.

Zane war weggegangen, um sich mit Solomon auf dem Gelände zu treffen und mit den frisch befreiten Wandlern zu helfen, einigen Mitgliedern von Zanes altem Rudel. Nach dem, was Brass gehört hatte, würden die Wandler aus Zanes Rudel mit ihnen in das Herrenhaus des Rudels zurückkehren. Der Laden würde bald zu eng werden. Oder vielleicht nicht; Brass war nicht ganz sicher, wie viele vom alten Rudel noch übrig waren.

Andererseits, egal wie viele Wandler sie von der Anlage zurückbrachten – wenn Liam es nicht schaffte, würde es *zwei* dauerhaft freie Plätze im Rudel geben.

Brass holte geistesabwesend den Blutknoten unter seinem Hemd hervor und hielt ihn in der Hand, während er einen Spalt in der Steintreppe studierte, wo er auf der Vorderseite des Herrenhauses saß. Der Ort war wunderschön, aber er brauchte einige Renovierungsarbeiten hier und da. Vielleicht könnte er Francis kommen lassen und es tun. Etwas Arbeit mit den Händen würde ihm guttun.

„Bist du okay?“, fragte Timothys schüchterne Stimme, als er sich neben ihn setzte.

Brass stieß ein zittriges Lachen aus. „Nicht annähernd.“

Er erwartete, dass Timothy ihm sagen würde, dass er Glauben haben sollte, oder dass alles gut werden würde, aber er tat es nicht. Stattdessen saß er einfach nur still da und beobachtete, wie ein Vogel von einem nahegelegenen Strauch abhob.

Brass konnte sich nicht ganz entscheiden, ob er Timothys Schweigen beunruhigend fand … oder tröstend.

„Wie kommst du mit deinen Verwandlungen zurecht?“, fragte Brass ihn, da er sich nach etwas sehnte, um sich von dem abzulenken, was er bald tun würde.

Timothy drehte sich überrascht zu ihm um. „Oh … ähm, okay, denke ich."

„Denkst du?", neckte Brass.

„Ich habe keine Probleme, mich hin und her zu verwandeln, aber meine … Hormone waren in letzter Zeit übermäßig aktiv. Besonders wenn der Mond draußen ist." Timothy wurde rot.

„Ich glaube nicht, dass ich gehört habe, wie Damian sich beschwert", sagte Brass, und der arme Timothy wurde noch etwa drei Nuancen dunkler. „Ich habe jedoch gehört, wie Solomon sich darüber beschwert hat, letzte Woche jemanden in der Küche erwischt zu haben, in einer kompromittierenden Position." Brass konnte einfach nicht anders.

„Okay, du kannst jetzt aufhören." Timothy räusperte sich.

„Tut mir leid, ich habe vergessen, wie schön es ist, jemanden zu ärgern", entschuldigte Brass sich. „Das Leben war in letzter Zeit nicht gerade eitel Sonnenschein."

„Ich glaube nicht, dass ich dich dazu überreden kann, keinen Selbstmord zu begehen, wenn das nicht funktioniert", sagte Timothy leise und schien die Bäume in der Nähe nach weiteren Vögeln zu durchsuchen.

„Nein." Brass schüttelte den Kopf. Er war nicht überrascht, dass Timothy seinen Ersatzplan erahnt hatte.

„Ich lebe schon seit Jahrhunderten und fing vor langer Zeit an, mich zu langweilen. Dann habe ich Liam getroffen –"

„Weißt du, ich beginne diese Rede, die ich gestern geschwungen habe, irgendwie zu bereuen." Timothy rutschte unbehaglich hin und her, wo er saß.

„Mein Leben ist mit Liam verbunden, daran hast du mich erinnert“, gab Brass zu. „Aber, Rede oder nicht, du musst erkennen, dass ich bald meinen Gefährten töten muss. Wenn wir ihn nicht zurückbekommen können, werde ich nicht in der Lage sein, mit mir selbst zu leben. Wenn ich ihn für immer verliere, werde ich tun, was ich muss, und finde ihn auf der anderen Seite. Außerdem, Vampire, vor allem solche, die so alt sind wie ich, kommen nicht gut damit zurecht, ihre Gefährten zu verlieren. Diejenigen, die weiterhin leben, verlieren oft ihren Verstand.“

Als Brass wieder zu Timothy aufblickte, liefen dem Tränen über die Wangen.

„Bitte, tu das nicht.“

Brass bevorzugte das Schweigen des Mischlings, wenn es trocken blieb.

„Ja, ich habe es nie wirklich geschafft, den Aus-Schalter dafür zu finden.“ Timothy wischte sich mit dem Ärmel seines Hemdes die Augen. „Musste ich auch nie wirklich, weißt du. Ich bin eher anfällig für Plappern und kleinere Panikattacken. Gewöhnlich weine ich nur, wenn ich traurige Filme sehe oder diese YouTube-Clips von Hunden, die ihre Besitzer zuhause begrüßen, wenn sie vom Militäreinsatz aus dem Nahen Osten zurückkommen. Obwohl die YouTube-Sache emotionaler ist, fröhliche Tränen und nicht wie die traurigen, herzzerreißenden Tränen, die ich vergieße, wenn ich The Green Mile sehe.“

Timothys Gelaber war tröstlicher als sein Schweigen, aber Brass wusste, dass er den Mord nicht mehr lange hinauszögern konnte.

Damian kam heraus und gesellte sich zu ihnen, setzte

sich neben Timothy und Brass konnte nicht anders, als ein leises Lachen von sich zu geben, als Timothy beim Anblick seines Gefährten sofort aufmerksam wurde und fast auf seinen Schoß kroch.

Wenn Brass sich nicht irrte, würde der Mond in wenigen Tagen voll sein, und da Timothys Hormone bereits überladen waren, musste man nicht viel raten um zu wissen, dass Damian alle Hände voll zu tun haben würde. Im Gegensatz zu Katzenwandlern wurden Wolfswandler, sogar Halbwölfe wie Timothy, vom Mond beherrscht. Ein schwerwiegender strategischer Nachteil, vor allem, wenn ein Rudel aus hauptsächlich verbundenen Paaren bestand. Sorgfältig organisierte Rudel sorgten immer dafür, dass unverpaarte Männer und Frauen das Revier bewachten, aber selbst dann konnten sie der Macht des Mondes erliegen.

„Sie sind bereit", sagte Damian ihnen.

Brass erschauderte. Er war sich nicht sicher, wie lange sie dort saßen, in völliger Stille, bevor Brass herausfinden konnte, wie er seinen Körper wieder in Gang bringen sollte. Er hatte tatsächlich ein wenig Angst, dass er vielleicht umkippen würde, als er aufstand. Sein Kopf pochte schmerzhaft und ihm wurde schwindlig.

„Brass?", fragte Timothy.

„Mir geht es gut", log Brass. „Ich bin einfach zu schnell aufgestanden."

Zum Glück verfolgten Timothy und Damian die Sache nicht weiter.

Brass setzte einen Fuß vor den anderen, bis er in das Krankenzimmer kam. Maddox und Kett hatten Liam bereits dorthin gebracht und Jace hatte ihn an mehrere medizinische Geräte angeschlossen.

Am wichtigsten war der Herzfrequenz-Monitor. Es war sehr wichtig, dass sie genau wussten, wann Liams Herz zu schlagen aufhörte, je besser sie es zeitlich abstimmten, desto größer war die Chance, die Liam hatte.

Brass trat zu seinem Geliebten und streichelte Liams Wange. Seine Haut fühlte sich warm an, ein vollkommener Gegensatz zu der Kälte, die Brass in seinem Inneren spürte. Zu hören, wie Liams Herz ruhig schlug, fühlte sich an, als könne er ihn einfach wachrütteln. Nur schlief Liam nicht.

„Bereit, wenn du es bist“, sagte Jace ihm.

„Ich würde gerne einen Moment allein mit ihm verbringen“, sagte Brass mit rauer Stimme.

„Sicher“, sagte Jace und scheuchte alle hinaus.

Als sie allein waren, begab sich Brass zu seinem Gefährten auf das Bett und legte seinen Kopf auf Liams Brust. Er klammerte sich an den Klang von Liams Herzschlag, als er versuchte, nicht komplett zusammenzubrechen. Tränen erzwangen sich den Weg hinaus, egal wie sehr Brass versuchte, sie zurückzuhalten.

Er hatte Angst.

„Ich habe die Antwort von Daniel bekommen, wie man den Bann bricht“, erzählte Brass seinem Gefährten mit schwankender Stimme. „Ich muss … ich muss etwas Schlimmes tun, Liam. Ich muss dir weh tun.“

Brass wollte die Worte nicht sagen und er wollte die Sache definitiv nicht durchziehen, aber obwohl Liam ihn wahrscheinlich nicht hören konnte, fühlte er sich einfach … als müsste er es erklären. Er wollte einfach nicht, dass Liam dachte, dass er ihn betrog.

„Ich will das nicht, aber es ist der einzige Plan, den wir haben, um dich zurückzubekommen“, seufzte Brass. „Es ist wirklich wichtig, dass du zu mir zurückkehrst, Keefe.“

Ein leises Klopfen an der Tür sagte ihm, dass sie bald anfangen mussten.

Er trocknete seine Augen und versuchte seine Gedanken zu sammeln. Er musste positiv gestimmt bleiben … oder es wenigstens versuchen. Er hatte so viel Zeit damit verbracht, sich auf das vorzubereiten, was passieren würde, wenn die Dinge schiefgingen, und seine Gedanken nicht zu dem Moment wandern gelassen, wenn er seinen Gefährten zurückhaben würde.

Hoffnung konnte gefährlich sein. Brass hatte Hoffnung gehabt, als er Malcove angriff … nur um sie zerstört zu sehen, als er erfuhr, was er tun musste.

Brass öffnete die Tür und die anderen kamen zurück. Maddox und Kett sahen so blass aus, wie er es wahrscheinlich war, als sie zur hinteren Wand gingen. Sie mussten dort sein, falls Liam zusätzliches Blut benötigte, aber das war vor allem eine Entschuldigung. Sie hatten schon viel gespendet, aber Liam war ihr Bruder. Wo sollten sie sonst sein?

Sie würden ihren Bruder verlieren und Brass würde seinen Gefährten verlieren, wenn dies scheiterte, aber zumindest waren sie nicht diejenigen, die Liams Leben nehmen mussten.

Er beneidete sie dafür.

Jace und Damian würden für die medizinische

Ausrüstung zuständig sein, während Timothy und Link bereitstanden, falls sie etwas brauchten. Casey und Leo schlossen sich ihren Gefährten an der Wand an und hatten die Aufgabe, sie zurückzuhalten, für den Fall, dass Maddox und Ketts Instinkte mit ihnen durchgingen, wenn Brass … Er atmete noch einmal tief durch.

„Wir sind bereit für dich“, sagte Jace zu ihm.

Der Raum war erfüllt von einer unangenehmen und unbehaglichen Stille, als Brass wieder auf das Bett und auf seinen Gefährten kletterte. Er würde auf ihm liegen, um besser an Liams Hals zu gelangen. Es wäre der schnellste Weg für ihn, ihn auszutrinken, aber es fühlte sich auch sehr … intim an. Privat.

Die Leute so auf sie starren zu sehen, ließ ihn sich noch schlechter fühlen wegen dem, was er tun würde, aber er musste sich daran erinnern, dass es die einzige Chance war, Liam zurückzubekommen.

Brass erinnerte sich, wie sie vor dem Fluch so im Bett gelegen hatten. Nur dass Brass Liams Handgelenke festgehalten hatte, während der Löwe ihn neckte, weil er kitzelig war, und lachend drohte Rache zu nehmen, sobald Brass ihn losließ.

Brass hatte die Neckerei genossen und seinen Gefährten zum Ausgleich gebissen. Er behielt dieses Bild in seinem Kopf, als er seine Zähne in Liams Hals bohrte.

Das Blut war so stark, so mächtig auf Brass’ Zunge. Er stöhnte und ignorierte seinen Instinkt, nur ein paar kleine Schlucke zu nehmen. Brass musste mehr trinken, viel mehr. Er dachte zurück an den Zeitpunkt, als er Liams Blut zum ersten

Mal genommen hatte. Er war so durstig gewesen, hatte nicht viel Appetit gehabt, nachdem er von seinem Gefährten getrennt war. Er war so überrascht gewesen, dass er Liams Blut trinken konnte. Und jetzt sollte er fast alles trinken.

Brass verlor den Überblick darüber, wie viel er genommen hatte, aber er spürte, wie sich Liams Herz verlangsamte, und jede Faser seines Wesens schrie, dass er aufhören sollte.

Er wollte aufhören.

Brass bemühte sich, Liams Blut zu schlucken, als er gegen die Haut seines Gefährten schluchzte. Sein Verstand bestand darauf, dass das, was er tat, falsch war – dass Daniel ihn belogen hatte und dass es auch noch einen anderen Weg geben musste.

„Nur noch ein bisschen mehr", schnitt Damians Stimme durch den Dunst. Die Hand des Vampirs drückte sanft auf Brass' Rücken, als er sich etwas zurückzog.

Als Brass bemerkte, dass mehrere Sekunden ohne einen Herzschlag verstrichen waren und der Monitor das Geräusch eines Herzstillstandes ertönen ließ, geriet Brass in Panik.

Er hatte zu viel genommen – das war alles, was er denken konnte. Brass schwang seine Fäuste nach jedem, der sich seinem Gefährten näherte, wurde aber von zwei Männern, die stärker waren als er, überwältigt. Es dauerte einen Moment, bis ihm klar wurde, dass Maddox und Kett ihn zurückhielten. Beide mit tränenüberströmten Gesichtern.

Liam.

Brass beobachtete, wie Jace und Damian daran arbeiteten, das Blut der Brüder in Liams Körper zu bringen. Es fühlte sich falsch an zu beobachten, wie jemandes Blut in den Körper seines Partners kam, aber er verstand die Notwendigkeit. Der intensive Piepton des Herzfrequenzmonitors erinnerte ihn daran, warum sie ihm das antaten.

Jace überwachte jede Sekunde, als die Maschine Blut in Liam pumpte, während Damian den Defibrillator in Betrieb nahm. Sie mussten sicherstellen, dass Liam genug Blut in sich hatte, um Sauerstoff zu seinem Gehirn zu transportieren, bevor sie ihn schockten, aber gleichzeitig konnten sie nicht zu lange warten oder sie riskierten, dass Liam einen Hirnschaden erlitt.

Das Ganze fühlte sich an, als würde es ewig dauern und als Damian schließlich von Jace das Okay bekam, Liam zu schocken, konnte Brass nicht atmen.

Liams Körper wölbte sich, als Elektrizität durch ihn schoss, aber der Herzfrequenzmesser gab immer noch den Ton des Todes von sich.

Die Zeit verging langsam, als Damian die Spannung erhöhte und Liam ein zweites Mal schockte … dann ein drittes Mal. Jace nahm eine große Spritze mit Adrenalin und stieß sie Liam in die Brust.

„Liam“, flüsterte Brass.

Immer wieder wölbte sich Liams Körper, doch sein Herz schlug nicht und Brass spürte, wie Liams Anwesenheit verblasste.

Maddox und Kett zitterten und ihr Griff um ihn löste sich so weit, dass Brass sich aus ihrer Umklammerung befreien konnte.

Er rannte zu Liam und schlug ihn. „Du wirst verdammt noch mal sofort wach!“, befahl Brass.

Die anderen stoppten ihn nicht.

„Liam!“, rief er, als er sich kurz zurückzog, damit Damian ihn wieder schocken konnte.

Ein einzelner Piepston ertönte, aber er verstummte wieder.

Die momentane Klangveränderung erneuerte Brass’ Hoffnung, aber er erstarrte. Er griff automatisch nach dem Blutknoten um seinen Hals. Gedanken rasten schneller durch sein Gehirn als er sie fassen konnte. Instinktiv biss Brass in sein rechtes Handgelenk und als das Blut zu fließen begann, hielt er seinen Arm über Liams Mund und vergewisserte sich, dass die Flüssigkeit über die Lippen seines Gefährten strömte.

Blut war Leben, und obwohl Liam kein Vampir war, kein Vampir sein konnte, verband es sie dennoch.

Damian sah, was er tat und schockte Liam ein letztes Mal.

Der ganze Raum hielt den Atem an, während sie darauf warteten, dass etwas passierte. Brass begann an die Waffe zu denken, die in Liams Zimmer auf ihn wartete …

Er wollte sein Handgelenk zurückziehen, aber eine kräftige, riesige Hand packte es und hielt es fest.

KAPITEL 18

Liam kannte diesen Geschmack.

Brass.

Er lächelte, aber instinktiv leckte er über die Wunde, die er mit seiner Zunge fühlte. Er liebte den Geschmack seines Gefährten, aber er trank kein Blut … obwohl sein Mund sich voll davon anfühlte und es schmeckte wie zu Hause.

Sein Gehirn bemühte sich zu verstehen, was vor sich ging. Liam erinnerte sich nicht, dass er Brass gebissen hatte … er hatte Brass nicht gebissen, oder?

Er regte sich und war überrascht zu erkennen, dass er in seiner Triferus-Form war.

„Brass?“, brachte Liam durch seinen veränderten Mund hervor; seine Stimme fühlte sich unnatürlich rau an.

„Liam.“ Brass’ Stimme klang fast verzweifelt. „Ich bin hier, Liam. Ich habe dich nie verlassen. Ich bin direkt hier.“

Das Licht tat seinen Augen weh, als er versuchte, sie zu öffnen. Was zum Teufel war passiert, dass sein Gefährte so klang? Als sich seine Augen angepasst hatten, kam Brass langsam in den Fokus.

Der Anblick überraschte Liam. Brass sah so müde aus … und er hatte geweint.

„Baby, was ist los?“, fragte er instinktiv und streckte die

Hand aus, um das Gesicht seines Gefährten zu streicheln.

Brass lehnte sich in seine Hand und mehr Tränen fielen.

Liam musste seinen Gefährten trösten und er musste wissen, was passiert war. Er holte tief Luft und verwandelte sich wieder in seine normale Gestalt. Es fühlte sich nicht natürlich an und er fühlte sich steif, als er sich im Bett aufsetzte. Mehrere Elektroden fielen an seinem Körper herunter und er stieß sie weg.

Er war auf der Krankenstation … fast das ganze Rudel beobachtete ihn, und mehrere von ihnen weinten.

Brass war jedoch oberste Priorität und Liam zog ihn an sich, nahm ihn in seine Arme.

Liam konnte nicht leugnen, dass er begann, sich zu ängstigen. Sein Gefährte schluchzte und sein ganzer Körper zitterte. Er hatte Brass noch nie so zerbrechlich gesehen. Die schiere Menge an medizinischer Ausrüstung, die ihn umgab, spendete ihm auch nicht viel Trost. Er hasste das blassgelbe Krankenzimmer, es erinnerte ihn viel zu sehr an die Zeit, die er dort verbracht hatte, als er darunter litt, von Brass getrennt zu sein.

„Lass uns zurück in unser Zimmer gehen“, schlug Liam seinem Gefährten vor und küsste ihn auf den Kopf.

„Liam“, warf Jace ein.

„Später, Jace.“ Liam warf ihm einen harten Blick zu.

Jace sah aus, als wollte er widersprechen, aber Link legte ihm die Hand auf seine Schulter und der Doktor ließ es auf sich beruhen.

Sein Körper schmerzte, als er aufstand, aber er fasste sich schnell. Brass klammerte sich an ihn und Liam wollte nicht riskieren, dass sein Gefährte stürzte, nur weil Liam seine Beine nicht auf dem Boden halten konnte. Er führte seinen Gefährten an den vielen Zuschauern vorbei und durch die Tür auf ihr Zimmer zu.

Je näher sie kamen, desto schwerer schien Brass sich auf ihn zu stützen und Liam war erleichtert, als sie endlich ihr Ziel erreichten. Seine Muskeln protestierten gegen den überraschend langen Gang und er befürchtete, dass er tatsächlich zusammenbrechen könnte, bevor sie dort ankamen.

Er schloss die Tür hinter sich, bevor er Brass dazu brachte, sich auf das Bett zu setzen. Sein Gefährte schien kurz davor zu sein, ohnmächtig zu werden.

„Wann hast du das letzte Mal geschlafen?“, fragte Liam besorgt.

„Ich bin mir nicht sicher“, antwortete Brass ihm.

„Du solltest dich ausruhen“, sagte Liam zu seinem Gefährten und versuchte ihn dazu zu bringen, sich hinzulegen.

„Nein!“, protestierte Brass, Panik in seinen Augen.

„Hey, es ist in Ordnung. Ich bin hier“, versuchte Liam seinen Gefährten zu beruhigen und küsste ihn sanft auf die Lippen.

Brass lehnte sich in den Kuss und Liam brummte bei dem Geschmack seines Gefährten. Er fühlte seinen Löwen brüllen und ihn drängen, seinen Gefährten zu beanspruchen. Die Kraft, mit der sein Löwe versuchte, Brass zu nehmen, verunsicherte ihn. Liam fehlte ein großer Teil des Bildes und es brachte sowohl seinen Gefährten als auch seinen Löwen aus der Fassung.

Liam beschimpfte sein Tier in Gedanken wegen seiner

Rücksichtslosigkeit. Hatte es den Zustand ihres Partners nicht erkannt? Brass brauchte Ruhe.

Liam unterbrach den Kuss und legte sich mit seinem Gefährten auf das Bett. Brass war wie Wachs in seinen Händen, als er sie neu positionierte, so dass sie sich auf dem Bett gegenüberlagen. Ihre Beine verflochten sich, Brass lehnte sich an Liams Seite und augenblicklich gingen bei ihm die Lichter aus.

Solange Liam den Rücken seines Gefährten rieb, schlief Brass fest. Sobald er damit aufhörte, bewegte Brass sich unruhig, also achtete Liam darauf, seinen Gefährten ruhig zu halten.

Sein Herz schmerzte, als er sah, dass Brass so reagierte und Stunden vergingen, in denen Liam über seinen Gefährten wachte, bevor ein leises Klopfen an ihrer Tür ertönte.

Ohne auf eine Antwort zu warten, öffnete Maddox lautlos die Tür und betrat den Raum. Er setzte sich auf einen Stuhl neben der Kommode, die dem Bett am nächsten war.

„Was zum Teufel ist passiert, Mad?“, fragte Liam seinen Zwilling mit sanfter Stimme, um seinen erschöpften Gefährten nicht zu stören.

„Du erinnerst dich nicht?“, fragte Maddox.

„Ich erinnere mich, dass ich Brass zum Abendessen ausgeführt habe …“, sagte Liam, aber die Erinnerungen waren verschwommen.

Maddox rieb sich den Nacken: „Ihr wart nicht die Einzigen, die an diesem Abend im Restaurant waren.“

Liam runzelte die Stirn, als er sich zu erinnern versuchte. Ein Bruchstück von Daniel Malcoves Gesicht ließ ihn fast knurren, aber sein Unterbewusstsein erinnerte ihn, dass das Brass wecken würde, also unterdrückte er es.

„Was hat er mit mir gemacht?“, stieß Liam durch zusammengebissene Zähne aus.

„Er hat dich mit einem bedingten Fluch belegt. Hat dich ins Koma versetzt“, erklärte Maddox.

Etwas an der Art und Weise, wie sein Bruder das sagte, gefiel Liam gar nicht. „Wie lange?“, fragte er und fürchtete die Antwort.

„Zu lange“, seufzte Maddox. „Fast zwei Monate.“

Die Information ließ seinen Magen verkrampfen. Schuldgefühle verschlangen ihn, als er zu seinem Gefährten hinüberschaute. Kein Wunder, dass Brass so verloren aussah. Er hatte ihn so lange allein gelassen. Sie waren vorher schon getrennt gewesen, aber nicht so. Nachdem sie Brass endlich aus diesem Ort herausgeholt hatten, hätte es das sein sollen. Sie hätten nie wieder getrennt sein müssen. Zumindest hatten sie bei ihrer vorherigen Trennung gewusst, dass sie sich im Notfall gegenseitig erreichen konnten.

„Da ist noch mehr.“ Maddox’ Worte ließen Liam einen Schauer über den Rücken laufen. Was könnte noch schlimmer sein?

„Daniel hat eine Bedingung gestellt, um den Fluch zu brechen, und Brass hat es vor ein paar Tagen aus ihm rausgebracht“, sagte Maddox ihm, und Liam musste nicht raten, was sein Gefährte getan haben könnte, um diese Antworten zu bekommen. Wäre es Brass im Koma gewesen, glaubte Liam nicht, dass es viele Grenzen gab, die er nicht überschreiten würde. Außerdem hatte Brass den Ruf, bei

Bedarf die Wahrheit herauszubekommen … mit allen Mitteln.

„Allein?", fragte Liam. Sein Gefährte, der ohne Unterstützung gegen einen Hexenmeister angetreten war …

„Er hat Casey mitgenommen", sagte Maddox.

„Casey? Hast du Brass und Casey ohne dich Daniel angreifen lassen?" Liam versuchte ruhig zu bleiben, aber er erwartete mehr von seinem Bruder. Hatte niemand seinen Gefährten unterstützt, als er außer Gefecht war?

„Er hat es mir nicht gesagt", verteidigte sich Maddox. „Er wartete, bis das Haus fast leer war. Das ist nicht der Punkt –"

„Zum Teufel", zischte Liam. „Wenn mir etwas passiert, muss ich wissen, dass meine Familie meinen Gefährten beschützen wird. Egal, was er in der Vergangenheit getan hat, Brass ist mein Herz und ich erwarte, dass du das respektierst."

„Liam", sagte Maddox streng. „Ich finde nicht gut, auf was du da anspielst. Ich habe Brass vor langer Zeit verziehen, dass er versucht hat, mich und Leo zu töten, aber ich kann niemandem helfen, der es nicht will. Wir haben versucht, für ihn da zu sein, aber du warst im Koma. Das konnten wir nicht ändern."

Liam wusste, dass Brass nicht der Typ war, sich an Leute zu wenden, aber es tat ihm weh, daran zu denken, was Brass durchgemacht hatte … ganz allein.

„Brass ist manchmal stärker als es gut für ihn ist." Maddox stand auf und ging mit einem grimmigen Gesichtsausdruck zum Bett hinüber. „Was er heute Abend tun musste … Ich weiß nicht, ob Leute stark genug sind, um darüber hinwegzukommen." Liam runzelte die Stirn.

„Brass hat vorher schon Leute gequält“, erinnerte er seinen Bruder.

„Er musste dich töten, Liam“, sagte Maddox. „Daniel Malcoves verdammte Bedingung war, dass Brass dich umbringen musste.“

„Was meinst du?“ Liam war nicht tot. Maddox muss etwas durcheinandergebracht haben.

„Ich habe dich ausgesaugt“, murmelte Brass an seiner Schulter.

Die Augen seines Gefährten waren kaum geöffnet; er war immer noch sehr schläfrig.

„Ich habe dein Blut getrunken, bis dein Herz aufhörte zu schlagen. Du warst tot.“ Brass klang seltsam ruhig, als er das sagte.

„Kett und ich haben Blut gespendet, das dir transfusioniert wurde, als dein Herz zu schlagen aufhörte“, erklärte Maddox. „Und dann haben wir dich mit dem Defibrillator geschockt.“

„Du bist einfach nicht aufgewacht, Liam.“ Brass klang fast wütend als er sprach. Ob auf ihn oder Daniel, war er sich nicht ganz sicher.

„Wir dachten, wir hätten dich für immer verloren“, sagte Maddox und klang genauso wie Brass, wütend und am Boden zerstört.

Brass’ Nägel schnitten in seine Brust und Liam wurde klar, egal wie sehr seine Familie gelitten hatte, seine Brüder mussten warten. Es schien, dass eine Menge Leute beruhigt werden mussten, dass er nicht tot war, aber sein Gefährte mehr als andere.

Liam konnte sich nicht vorstellen, Brass töten zu müssen; er würde sich lieber selbst umbringen, als seinem Gefährten Schaden zuzufügen. Herauszufinden, dass dies der einzige Weg war, wenigstens eine Chance zu haben, dass sie ein gemeinsames Leben führen konnten … Brass hatte keine Wahl gehabt. Liam musste ihm versichern, dass er das Richtige getan hatte.

Er konnte immer noch nicht glauben, dass er so lange im Koma gelegen hatte. Sein Körper fühlte sich steif und ein bisschen schwach an, aber nicht mehr als das, was er von einem schlimmen Kampf erwartet hatte. Seine Venen schmerzten jedoch, was Sinn machte, wenn das, was sie ihm gesagt hatten, wahr war. Sie hatten seinen Blutvorrat geleert und ihn wieder aufgefüllt.

Liam dachte an den Moment zurück, als er aufwachte. Es war Brass' Blut, das ihn aus dem Zustand erweckt hatte, den er für Schlaf hielt.

„Du hast mich zurückgebracht", sagte Liam zu seinem Gefährten.

Brass schüttelte den Kopf. „Die Maschinen …"

„Nein", unterbrach Liam ihn. „Ich bin wegen dir aufgewacht. Dein Blut ist wie Ambrosia für mich, obwohl ich kein Bluttrinker bin. Ich könnte niemals etwas so Süßes loslassen. Ich erinnere mich an nichts aus dem Koma, und ich erinnere mich definitiv nicht an das Sterben … Ich erinnere mich nur daran, wie ich mit dem Geschmack meines Gefährten *aufgewacht* bin, mein Keefe. Ich erinnere mich, dass ich für dich aufgewacht bin, damit ich dich umarmen und küssen kann …, denn genauso, wie du mir gehörst, gehöre ich dir, und neben dir aufzuwachen ist, was ich will, jeden Tag."

Brass' Hand bewegte sich zu Liams Nacken, seine Nägel bohrten sich fast strafend in das Fleisch, aber er sah ihn nicht an. Liam hätte schwören können, dass er frische Tränen auf seiner Brust spürte.

Liam sah zu seinem Bruder hinüber. „Bitte, sag allen, dass es mir gut geht, aber ich muss allein sein mit Brass."

Maddox wollte zunächst nicht gehen, aber als er zu Liam blickte, seufzte er. Mit einem verständnisvollen Nicken trat er aus der Tür und schloss sie leise hinter sich.

Brass trug immer noch die Kleidung, die er getragen hatte, als Liam aufwachte und das musste sich ändern. Plötzlich hatte Liam Hunger nach seinem Gefährten.

Er streichelte die Wange seines Gefährten, bis Brass ihn schließlich ansah und Liam seinen Mund beanspruchte. Brass' Lippen, so weich wie eh und je, begannen sich langsam gegen seine zu bewegen … fast so, als ob er es nicht mehr gewohnt wäre zu küssen.

Es gab keine Eile und Liam passte sich dem Tempo seines Gefährten an. Er sehnte sich nach ihm, aber dies war mehr als Sex. Es ging um Trost und Liebe, um die Bestätigung, am Leben zu sein. Daniels Zauber war vielleicht außerhalb seiner Kontrolle gewesen, aber Liam versprach, dass er niemals erlauben würde, dass Brass allein zurückbleiben musste.

Liam ließ seine rechte Hand über Brass' Schenkel wandern, bevor er sie unter das T-Shirt seines Gefährten schob. Die Haut des Vampirs war wärmer als gewöhnlich, wahrscheinlich aufgrund des jüngsten *Trinkens*. Brass stöhnte in den Kuss als Liam die weiche Haut rieb.

Liam wollte den Kuss nicht beenden, aber er wollte besseren Zugang zu seinem Gefährten. Er küsste seinen Gefährten hart, als er das Shirt hochzog und sich widerstrebend von den jetzt leicht geschwollenen Lippen seines Partners entfernte.

Brass verschwendete keine Zeit, als er sah, was Liam vorhatte und setzte sich leicht auf, damit sie sein schwarzes T-Shirt ausziehen konnten.

Liam spürte, wie sich seine Augen katzenartig verwandelten, als Brass' Brust sowie die Goldmünze an der Halskette freigelegt wurde. Sein Gefährte schaffte es immer, ihn geil zu machen, auch ohne etwas zu tun. Brass war perfekt, seine Haut blass und makellos, wie sie seine schlanken Muskeln umrahmte.

Das Gute, das er in einem früheren Leben getan haben musste, um jemanden wie Brass zu verdienen, musste gewaltig gewesen sein … oder vielleicht hatte er deshalb nach ihrem ersten Treffen so lange auf seinen Keefe warten müssen. Vielleicht konnte er nur durch die Trennungsschmerzen seines Gefährten würdig sein.

Liam hatte diese Zeit der Trennung immer verabscheut, aber jetzt … er schätzte es fast.

„Ich möchte, dass du mich in deiner Triferus-Form nimmst." Brass' Worte brachen durch den Nebel von Liams Gedanken.

Liams Augen schossen zu seinem Gefährten.

„Brass …", begann er. „Ich will dich nicht verletzen."

Wenn man bedachte, wie lange er unfreiwillig geschlafen hatte und nicht in der Lage gewesen war, mit seinem

Gefährten zu schlafen … Brass wäre eng … zu eng.

„Ich brauche es, dass du mir wehtust“, sagte Brass. Seine Augen sagten Liam, dass er es vollkommen ernst meinte. „Ich will, dass du dein Zeichen auf mir hinterlässt.“

Liam zuckte zusammen. „Ich würde nie –“

„Bitte“, bat Brass und sah weg, als ob er sich schämen würde. „Ich muss einfach wissen, dass das hier echt ist. Ich brauche dich, du musst mich von innen heraus brandmarken, damit ich das nächste Mal, wenn ich aufwache, meine Augen nicht öffnen muss, ohne zu wissen …“

Liam umfasste das Gesicht seines Gefährten und zwang ihn, ihn wieder anzusehen. „Ich bin am Leben und ich gehe nirgendwo hin“, versicherte er Brass. „Ich werde dir nie weh tun, aber ich werde dich nehmen. Langsam und voller Absicht werde ich dich wieder zu meinem machen, und ich werde dir Schmerzen bereiten, aber jeder Schmerz, den du fühlst, wird zu Vergnügen werden“, versprach Liam.

Brass zog ihn an sich und sie küssten sich. Das Verlangen in Brass' Körper machte es Liam schwer, sich selbst zu beherrschen.

„Lass uns dich bereit machen“, keuchte Liam, als der Kuss bedauerlicherweise endete. „Lass mich dich dehnen.“

„Ich will nicht, dass du das tust“, sagte Brass und beugte sich vor, um in Liams Unterlippe zu beißen, wobei er fast die Haut durchbrach.

„Brass …“, protestierte Liam.

Brass packte Liam an den Haaren und drängte ihn, sich auf den Rücken zu legen. Brass setzte sich rittlings auf ihn und ließ seine Zähne an Liams Hals hinunterkratzen bis zum

Schlüsselbein. „Gleitmittel wird aus einem bestimmten Grund gemacht, und das Einzige, von dem ich gedehnt werden will, ist dein Schwanz“, sagte er zu ihm, als er sich weiterhin an Liams Brust hinunter küsste.

Sein Gefährte spielte nicht fair, und Liam vibrierte praktisch, als er versuchte, sich zurückzuhalten, während sein Löwe von innen an ihm kratzte.

Er erinnerte sich vielleicht nicht mehr an das Koma, aber jetzt, da Brass jede seiner erogenen Zonen ausprobierte, wusste er, dass er seit einiger Zeit nicht mehr berührt worden war. Irgendwie schien sein Tastsinn erhöht zu sein und jede Berührung von Brass' Haut, Lippen, Reißzähnen und Zunge an seinem Körper ließ ihn sich fühlen, als wäre er wieder rollig. Verdammt, wenn man bedachte, wie lange er im Koma gelegen hatte … er könnte tatsächlich rollig sein.

Liam war sich nicht sicher, ob er bewusst die Entscheidung traf, sich zu verwandeln, aber plötzlich befand er sich wieder in seiner Triferus-Form. Er fühlte sich stärker so und hatte das Gefühl, dass er ein bisschen besser die Kontrolle über sich selbst hatte, wenn es um das gefährliche Spiel seines Gefährten ging.

Brass wollte ihn unbedingt und Liam wollte es ihm geben. Es gab nichts, was er seinem Gefährten nicht geben würde, aber das war sicherlich das Angenehmste.

Er zögerte trotzdem. Er wollte nicht, dass Brass verletzt wurde, aber Vorspiel war nicht auf der Wunschliste seines Gefährten für diese Nacht.

Eine Hand legte sich um seine harte Länge und Liam stöhnte.

„Du bist wirklich ein gutes Stück größer so“, hauchte Brass.

„Das bin ich“, nickte Liam. Die Worte fühlten sich seltsam an, als sie aus seinem leicht veränderten Mund kamen. Er war nicht prahlerisch; alles wurde größer, wenn er in seiner Triferus-Form war und sein Gemächt war keine Ausnahme.

Brass’ Hand verschwand und Liam dachte, er würde den Kontakt komplett verlieren, aber sein Gefährte wühlte im Nachttisch und fischte eine ungeöffnete Flasche Gleitmittel heraus. Sein Gefährte entfernte das Siegel und öffnete es, drückte eine kleine Menge heraus, bevor er Liams pochendes Glied wieder packte und es mit dem Gleitmittel bedeckte.

„Brass“, stöhnte Liam, als er in seine Hand stieß. „Mehr“, wies er seinen Gefährten an.

Sein Gefährte warf ihm einen trotzigen Blick zu, als er seine Erektion fester umklammerte. Liams Löwe brüllte. Es wollte nicht länger warten, besonders nicht, wenn es klar war, dass Brass ihn köderte – ihn bewusst herausforderte. Sein Gefährte wollte beansprucht werden … und der Löwe verstand nicht, warum Liam zögerte.

Er war ausgehungert nach Brass, aber er musste die Kontrolle über sich behalten. „Brass“, warnte er.

„Es ist okay“, versicherte Brass ihm, als er sich näher an Liam drängte. Er rieb seinen Körper gegen Liams, ließ seine Nase gegen Liams Hals gleiten und brachte ihn zum Zittern. „Ich verspreche es.“

Zum Glück hatte er ein gepolstertes Kopfteil gewählt, als er sein Zimmer im Herrenhaus eingerichtet hatte, denn Liam packte seinen Gefährten mit solcher Kraft und drehte sich, um ihn dagegen zu drücken, dass er ihm sonst hätte schaden können. Die schwache Verteidigung, die er gegen die Verlockung seines Gefährten hatte, war gerade gebrochen.

Brass schien es nicht zu stören, da er seine Arme um Liams Hals und seine Beine um seine Taille legte.

Liam stieß gegen seinen Gefährten, seine harte Länge glitt zwischen die Hinterbacken seines Geliebten, vorbei an der Öffnung. Brass stöhnte und rieb seinen eigenen Schwanz gegen Liams enge Bauchmuskeln. Liam verlor sich in der Empfindung, dass Brass sich gegen ihn rieb und ihn unbeabsichtigt oder absichtlich mit seinem Duft markierte. Sein Löwe grollte seine Zustimmung. Der Moment dauerte jedoch nicht ewig, da Brass ungeduldig wurde.

Das Kopfteil knarrte, als Liam ihn festhielt, während sein Liebhaber nach seinem Schwanz griff und ihn auf sein Loch richtete. Liam keuchte schwer, als Brass begann, sich an seinem Körper nach unten zu bewegen und auf Liams steifen Schwanz zu drücken. Das Gleitmittel erlaubte den ersten Zentimetern von Liams Schwanz, ohne viel Widerstand hineinzukommen, aber es war eng und Liam wusste, dass Brass Schmerzen haben musste, als er versuchte, sich schneller nach unten zu zwingen, als er sich bequem auf das Eindringen einstellen konnte.

Brass hielt einen Moment inne und sah ihm in die Augen, dann bewegte er sich und gab Liam einen sanften Kuss, wobei er auf Liams Fangzähne achtete. Als er sich zurückzog, knabberte er an Liams Lippen und brach fast wieder durch die Haut.

„Lass los und hilf mir, Keefe“, flüsterte Brass so süß.

Sein Gefährte benutzte den Kosenamen der Katzenwandler und brachte Liam damit zum Schmelzen, aber er war sich ziemlich sicher, dass Brass ihn absichtlich benutzt hatte, um ihn rumzukriegen.

Was für einen klugen Gefährten er hatte.

Liam stieß ein Grollen aus, als er seinem Gefährten einen kräftigen Stoß gab.

Brass warf den Kopf zurück und stöhnte laut. „Mehr“, hauchte er.

Liam gehorchte. Er zog sich ein wenig zurück und gab seinem Geliebten einen weiteren, entschlossenen Stoß, mit dem er noch einmal fünf Zentimeter tiefer sank. Brass versteifte sich mit einem Stöhnen und legte seine Stirn auf Liams Schulter.

Liam beruhigte sich gerade genug, damit sein Gefährte sich wieder entspannen konnte, bevor er einen letzten Stoß gab und sich komplett in Brass versenkte. Sein Geliebter war eng und sengend heiß und so sehr er die Ewigkeit damit verbringen könnte, das Gefühl zu genießen, die Liebe seines Lebens vollständig auszufüllen, war es nicht genug. Nicht jetzt. Liam fühlte, wie unvergossene Tränen in seinen Augenwinkeln brannten, als er sich fragte, ob er, wenn er sich wirklich anstrengen würde, sogar noch weiter in seinen Gefährten eindringen könnte. Sein Herz schmerzte und er fühlte sich genau wie beim ersten Mal, als sie sich miteinander verpaarten. Von Sehnsucht zerstört, aber von Erleichterung und Verlangen überwältigt.

„Du fühlst es auch, nicht wahr?“, fragte Brass, als er sich mit ihm bewegte, gleichzeitig schob und zog.

„Es tut mir so leid“, sagte Liam mit rauer Stimme.

„Es ist nicht deine Schuld“, versicherte Brass ihm, während seine Bewegungen entschlossener wurden.

„Ich weiß“, sagte Liam und küsste ihn hart. „Aber es tut mir dennoch leid.“

Sie küssten sich und klammerten sich aneinander, als ihre kraftvolle Verbindung andauerte. Liam verlor den Überblick darüber, wie lange sie so miteinander verbunden waren. Es war ihm egal. Er hatte das Gefühl, sie könnten stundenlang weitermachen.

Schließlich erreichten Liam und Brass ihren Höhepunkt. Brass wölbte sich vom Bett gegen ihn, schaukelte seine Hüften mit verzweifelten Bewegungen und Liam packte ihn fest, als er anfing, sich in ihn hinein zu rammen und mehr Abstand zwischen sie legte, als während ihres gesamten Aktes, nur um tiefere Stöße zu ermöglichen.

Sie keuchten beide schwer. Brass stöhnte und ächzte mit jedem Zurückziehen und Eindringen, während Liam zwischen tiefem Grollen und räuberischem Gebrüll wechselte. Er konnte seine Stöße nicht länger kontrollieren und fühlte sich mehr wie ein wildes Tier als ein Mann.

Er musste seinen Gefährten vollständig beanspruchen. Als Brass schließlich seinen Orgasmus herausschrie und sich um ihn anspannte, schlug Liam seine Zähne in den Hals seines Keefes.

Sein Biss, zusammen mit seinem harten Griff an den Hüften seines Geliebten, hielt Brass in Position, als seine letzten Stöße in einem schädelerschütternden Höhepunkt gipfelten.

Seine Erfüllung schoss in Brass' Innerstes und kennzeichnete ihn vollständig mit Liams Geruch, und mit seinem Paarungsbiss festigte er seine Bindung zu seinem Partner erneut, biss härter als zuvor, um zumindest teilweise den Wunsch seines Gefährten nach Schmerz zu erfüllen.

Trotz ihrer Schwierigkeiten war ihre Verbindung nie zerrissen worden, wenn auch sehr gespannt. Jetzt ruckte sie wie ein Gummiband wieder an ihren Platz und beruhigte seinen Löwen und ihn selbst sowie Brass.

Erschöpft fiel Liam wieder auf das Bett und verwandelte sich wieder in sein normales Selbst. Brass bewegte sich mit ihm und blieb auf ihm, als er auf seinen Rücken fiel.

Er war sich seines leisen Schnurrens bewusst, konnte sich aber nicht dazu bringen, es zu unterdrücken.

„Ich liebe diesen Laut", seufzte Brass, als er sich auf Liam niederließ und scheinbar keine Absicht hatte sich zu bewegen.

„Bist du okay?", fragte Liam, als er mit den Fingern Figuren auf den Rücken seines Partners zeichnete.

Zusammen zu sein war unglaublich, er hoffte nur, dass sein Gefährte nicht zu viel Schmerz erlitten hatte.

„Mir geht es wunderbar." Brass lachte leise. „Wenn möglich, vielleicht sogar noch besser."

„Wir sollten weggehen", sagte Liam und küsste die Schläfe seines Gefährten.

„Weggehen?", fragte Brass.

„Einen Ort finden, an dem wir nur zu zweit sein können. Für eine Weile zumindest. Weg von Zauberern, Vampiren und Wandlern. Vielleicht könnten wir einfach eine

Weile reisen, die Welt sehen.“

„Ich würde das liebend gerne tun.“ Brass strahlte ihn an. Er vergrub seine Finger in Liams Haar und zog seinen Kopf zu sich, küsste ihn leidenschaftlich. „Und ich liebe dich“, sagte er, als der Kuss endete.

„Ich liebe dich auch, mein Gefährte. Mein Keefe“, sagte Liam und rollte sie herum, sodass Brass wieder auf seinem Rücken lag.

Liam bedeckte den Körper seines Gefährten und eroberte Brass' Mund erneut, als sie sich inniger küssten als es möglich gewesen war, während Liam in seiner dritten Gestalt steckte. Für lange Zeit genossen sie einfach die Bewegung ihrer Lippen, das Gefühl ihrer Körper, die dicht beieinander lagen und wussten, dass alles so war wie es sein sollte.

Sie waren zusammen. Und das war alles, was zählte.

EPILOG

„Ich kann nicht glauben, dass ihr weggeht“, sagte Kett mit einem sauren Gesichtsausdruck.

Er saß auf dem Bett neben einer der Taschen, in die Liam seine Sachen packte. „Ich meine, wir haben dich erst vor einer Woche zurückbekommen.“

Liam legte seine Hand auf die Schulter seines kleinen Bruders. „Ich weiß, aber nach allem, was passiert ist, brauche ich einfach eine Weile, um mit meinem Gefährten zusammen zu sein. Und jetzt, wo Zanes Rudel hier lebt, könnten sie den Platz gut brauchen. Ich lag zwei Monate im Koma, also beeinflusste mich die Zeit mental nicht so sehr wie Brass, aber physisch schon. Außerdem müssen wir, nachdem die Vampirverbindung endlich auseinandergenommen ist, Urlaub machen.“

„Es ist aber noch nicht vorbei“, sagte Kett traurig. „Wir haben das, was von Zanes Rudel übrig ist, doch Zeke wird immer noch vermisst.“

Liam fühlte mit Kett und seinen Gefährten. Zanes älterer Bruder war nicht mehr gesehen worden, seit Zane und Casey von dem Gelände entkommen konnten. „Es tut mir leid, Kett. Ich möchte für dich da sein, aber …“

„Ich verstehe es“, wandte sich Kett mit einem kleinen

Lächeln an ihn. „Das tue ich wirklich. Ich habe gesehen, wie es für Brass war. Ich meine, wir haben alle gelitten, aber ein Gefährte ist ein Gefährte … und ich habe das Gefühl, dass ihr mit all dem Mist, den ihr durchgemacht habt, nur noch abhängiger voneinander und enger miteinander verbunden seid als der Rest von uns."

Liam dachte einen Augenblick darüber nach, erinnerte sich daran, wie er Brass zum ersten Mal traf, ihn gehen lassen musste und darauf wartete, dass er zurückkam. All das war hart genug gewesen und dann mit dem, was Daniel ihnen angetan hatte …

„Ich kann nicht wieder von ihm weg sein", sagte Liam ihm. „Wir waren so lange getrennt und Daniel trennte uns ein zweites Mal. Wir müssen einfach nur wir selbst sein, ohne Angst zu haben, dass jemand versuchen wird, uns wieder auseinanderzureißen."

Kett zog seinen Bruder in eine Umarmung, „Niemand wird das tun."

„Ich hoffe nicht", seufzte Liam. „Ich kann es kaum ertragen, länger als fünfzehn Minuten nicht in demselben Raum zu sein wie er."

Sein kleiner Bruder ließ ihn los und stand auf. „Ich werde ihn für dich holen."

Liam gluckste. Er hätte ihm gesagt, er solle sich nicht die Mühe machen, aber offen gesagt, es klang zu gut, als dass er widersprechen könnte.

Kett musste jedoch nur die Tür öffnen, bevor er den Vampir fand, der von Damian und Timmy begleitet wurde.

„Ernsthaft, ich denke wirklich, du solltest das bei dir

haben, wenn du auf Reisen bist“, sagte Timmy, der Brass’ gezacktes Jagdmesser in seinen Händen hielt. „Was ist, wenn etwas passiert und du es brauchst? Überall gibt es schlechte Leute. Menschen können auch Bösewichte sein, weißt du.“

„Es ist ein Geschenk.“ Brass rollte mit den Augen. „Und wir haben viele Waffen.“

Liam stieg ebenfalls vom Bett und nahm Brass an der Hand, zog ihn zu sich heran. Brass schmiegte sich an seinen Körper und Liam war versucht, alle hinauszuwerfen, als er spürte, wie sich sein Gefährte gegen ihn verhärtete.

„Lass sie bleiben“, flüsterte Brass. „Wir werden bald allein sein.“

Liam grummelte, aber er stimmte zu.

Sie hatten in der vergangenen Woche die meiste Zeit zusammen verbracht, sich aber gezwungen, die anderen auch zu sehen. Sie wussten nicht, wie lange sie weg sein würden und obwohl sie wegmussten, wusste Liam, dass er seine Familie vermissen würde. Er war fast dreißig Jahre alt, aber er war zuvor noch nie wirklich von seinen Brüdern getrennt gewesen. Höchstens ein paar Tage. Und der Rest des Rudels war auch Familie. Sogar Brass betrachtete sie jetzt alle als Familie, wenn auch eine etwas dysfunktionale.

„Bist du sicher?“ Timmy fing wieder an, sichtlich unzufrieden mit Brass’ Großzügigkeit. „Es sieht sehr teuer aus. Was, wenn ich es am Ende kaputtmache?“

„Timothy“, sagte Brass streng.

Der Halbwolf hielt inne und sah nervös aus. „Ja?“

„Damian wird dir zeigen, wie man es richtig benutzt, und das Messer wird sicher nicht kaputtgehen“, sagte er. „Also sag einfach Danke und komm rüber."

„Oh, okay. Danke", sagte Timmy und klang unsicher, ob es wirklich in Ordnung war, das Geschenk anzunehmen.

„Gern geschehen", sagte Brass und schüttelte den Kopf. Er drehte sich zu Damian um und fuhr fort: „Du solltest wahrscheinlich anfangen, ihm Dinge zu geben, denn dein Partner scheint mit dem Konzept von Geschenken nicht vertraut zu sein."

Damian errötete und öffnete den Mund, um zu antworten, wurde aber von Timothy unterbrochen.

„Er gibt mir Orgasmen." Timmy zuckte mit den Schultern. „Viele Orgasmen … Ich mag das lieber als Blumen."

„Okay, ich kann dich nicht mit in die Öffentlichkeit nehmen, wenn du so redest." Damian lachte und verdeckte seine Augen mit seinen Händen.

Der Rest von ihnen kicherte mit ihm.

„Oh bitte", schnaubte Timmy. „Du kannst in diesem Haus keine fünf Schritte gehen, ohne zu sehen, wie es Leute miteinander treiben oder davon reden, es miteinander zu treiben. Ich meine, echt jetzt, du wolltest mich gestern in der Küche ficken, da haben Maddox und Leo es sich schon gegenseitig auf dem Tresen besorgt. Und wir alle wissen, dass wir nicht unangemeldet in Jaces Büro kommen dürfen, nur für den Fall, dass Link zu Hause ist und Gott bewahre, dass wir auch nur daran denken, draußen spazieren zu gehen, wenn Kett und seine Gefährten schon draußen sind. Selbst jetzt versteckt Brass seinen Ständer an Liams Oberschenkel."

Liam lachte über Brass' verlegenes Gesicht.

„Machen wir uns nichts vor", fuhr Timmy fort. „Dieser Ort ist so ziemlich ein Sex-Palast. Solomon ist der Einzige, der keinen bekommt, und wenn man bedenkt, dass er ziemlich heiß ist, wird das wahrscheinlich auch nicht mehr lange dauern."

„Während ich dir für das Vertrauensvotum danke", unterbrach Solomon, als er sich an den Türrahmen zum Zimmer lehnte, „denke ich, wir sollten das glückliche Paar allein lassen, damit Liam und Brass fertig packen können."

Timmy konnte wirklich besser erröten als der Rest der Rudelmitglieder. Dass der Sorena hereinkam, gerade als er über dessen mangelndes Sexualleben sprach, war wahrscheinlich nichts, das er beabsichtigt hatte. Unfähig, Worte zu finden, machte Timmy einfach einen Laut der Zustimmung und zerrte Damian mit sich aus dem Raum.

Als Kett ging, blieb Sol zurück.

„Macht es euch etwas aus, wenn wir kurz reden, bevor ihr abreist?", fragte der Sorena.

Liam verspannte sich. Er hatte das befürchtet. Genaugenommen hatte er den Mann nicht um Erlaubnis gebeten, eine Auszeit zu nehmen. Liam hatte im Medienraum beiläufig erwähnt, dass Brass und er planten, einen längeren Urlaub zu nehmen. Solomon hatte nicht viel gesagt, aber nichts, was nahelegte, dass er ihnen im Weg stehen würde.

„Sicher", sagte Liam. „Was hast du auf dem Herzen?"

„Es geht um Gregory", sagte Solomon und Liam konnte spüren, wie sich Brass in seinen Armen verspannte.

Das war etwas anderes, vor dem sie sich gefürchtet hatten. Sie setzten sich auf das Bett und warteten darauf, dass der Sorena weiterredete.

****

Liam war vorausgegangen, um den Geländewagen mit ihren Taschen zu beladen und hatte Brass allein in dem Zimmer zurückgelassen, das sie auf dem Anwesen geteilt hatten.

Brass würde den Ort vermissen, aber gleichzeitig war er glücklich, ihn hinter sich zu lassen. Liam und er hatten viele unvergessliche Momente auf diesem großen Bett verbracht. Das Kopfteil war in der Nacht zerbrochen, als Liam ihn in seiner Triferus-Form nahm, und Brass lächelte liebevoll, als er sich an die Schmerzen erinnerte, die er am nächsten Morgen durch die Paarung und den Biss in seinen Hals verspürt hatte. Sein Beweis, dass alles in Ordnung war und Liam wieder da.

Es war hart und süß gewesen und genau das, was Brass brauchte. Es war genau das, was auch Liam brauchte. Die Intensität ihres Liebesspiels hatte einige tiefe Wunden in seinem Herzen geheilt, auch wenn es für Brass mit einer frischen an seinem Hals geendet war, die wunderbar vernarbte.

Jedes Mal, wenn er das Zeichen an seinem Hals im Spiegel sah, das bedeutete, dass Liam ihn beansprucht hatte, entspannte er sich. Er fühlte sich jetzt ganz.

Seine Gedanken huschten zu der Unterhaltung zurück, die sie gerade mit Solomon geführt hatten. Gregory hatte zugegeben, sich an Christas Vorhaben beteiligt zu haben, aber nur in einer Beratungsposition, um Brass in das Team zu bekommen.

Er war überrascht gewesen. Brass hatte Christa nie gemocht und hatte verdammt sichergestellt, dass sie das wusste, aber so war er mit den meisten Leuten auf dem Gelände, also dachten sie vielleicht, dass es einfach seine Art war. Nicht, dass Christa jemals gut darin gewesen wäre, soziale Signale aufzugreifen.

Brass wusste genau, wer sie war, was ihre Herkunft war. Sie hatte blaues Blut in ihren Adern, auch wenn sie das Ergebnis einer Affäre war. Trotz der Achtung, die ihr Vater genoss, war sie eine verrückte, verdammte Schlampe mit einer viel zu vulgären Blutlust geworden.

Gregory hatte ihnen erzählt, was er wusste, aber es war nicht die ausführlichste Darstellung. Christa hatte mindestens ein halbes Dutzend Wandler auf dem Gelände für diese spezielle Mission *rekrutiert.* Sie sollten dazu beitragen, bestimmte Schädlinge zu beseitigen, von denen sie glaubte, dass die Welt ohne sie auskommen könnte.

Es war nicht weit zu dem Schluss, dass die Informationen, die Brass von der Verbindung über Solomons Eliminierung bekommen hatte, direkt mit dem verbunden war, was auch immer Christa sich ausgedacht hatte. Die Frage war, wer die Show seit ihrer Verhaftung durch den Rat leitete und wo der oder die Verantwortliche sich befand.

Solomon hatte verlangt, dass der neu gebildete Rat Christa erneut verhörte, da jetzt die faulen Äpfel aussortiert und durch bessere Alternativen ersetzt worden waren.

Brass hoffte, Gregory würde wegen seiner Beteiligung

nicht allzu sehr in Schwierigkeiten geraten. Die Hauptsache blieb jedoch, Zeke nach Hause zu seiner Familie zu bringen.

So sehr Brass auch helfen wollte, er fühlte sich zu erschöpft. In all den Jahrhunderten seines Lebens war er noch nie so emotional ausgelaugt gewesen. Er musste seine Reserven richtig aufladen, mit seinem Gefährten zusammen. Sie waren sich nicht sicher, wie lange sie weg sein würden, aber wahrscheinlich etwa ein Jahr, ein paar Monate mehr oder weniger.

Das Rudel konnte ohne sie auskommen, zumal die Zusammenarbeit mit den anderen Rudeln stärker war als je zuvor. Zur Hölle, es gab sogar einige Ölzweige, die bestimmten Gruppen von Vampiren und Hexenmeistern geschickt wurden. Miranda hatte viel damit zu tun. Sie sah die Zukunft davon abhängig, dass alle Gruppen miteinander auskamen, zumindest wenn es darauf ankam. Brass konnte dem zustimmen, obwohl er nicht daran zweifelte, dass sich viele der Idee widersetzen würden. Egal, welche Kreatur man war, Brass wusste, dass es gut war zu wissen, dass bei Bedarf jemand hinter einem stand.

Brass ging los, um Liam zu finden. Als er den Flur entlangging, sah er Leo aus seinem Zimmer kommen.

„Oh, hey“, sagte Leo, als er ihn bemerkte.

„Hi.“ Brass fühlte sich komisch, als er vor dem Menschen stand. Er erinnerte sich an das erste Mal, als er Leo gesehen hatte. Er wurde von Kerrigan, einem ehemaligen Anführer der Gruppe, herumgeführt. Er hatte Leo sehr misshandelt, doch Brass hatte es nicht interessiert. Der menschliche Blutspender war zu dieser Zeit in seinen Augen außerordentlich unauffällig gewesen. Nur ein weiteres Gesicht in der Menge.

„Was ist das für ein Blick?“, fragte Leo und seine Augenbrauen zogen sich stirnrunzelnd zusammen.

„Wahrscheinlich Schuld“, gab Brass zu.

„Wofür? Weil du Maddox fast getötet hättest?“, fragte Leo. Er hatte seine Arme verschränkt und sah irgendwie größer aus.

„Nein, darüber bin ich hinweg.“ Brass gab ein düsteres Kichern von sich. „Ich dachte an dich, damals in der Anlage.“

„Oh.“ Leo öffnete seine Arme und bewegte unbeholfen seine Füße, wo er stand. „Du warst damals eine andere Person. Du kannst dir nicht die Schuld geben, dass du sie nicht aufgehalten hast. Es ist alles in der Vergangenheit.“

Brass fühlte einen Stich ins Herz. „Das ist nicht wirklich das, wofür ich mich schuldig fühlte. Ich fühlte mich schuldig, dass ich froh bin, dass ich dir *nicht* geholfen habe.“

Ärger blitzte in Leos Augen auf, aber Brass hob seine Hände, bevor er ihn anschreien konnte.

„Lass es mich erklären“, sagte Brass. „Ich *bin* froh, dass ich dir damals nicht geholfen habe, denn wenn ich es getan hätte, würden wir jetzt nicht hier stehen.“

„Entschuldigung?“ Leo sah verwirrt aus.

„Ohne Kerrigan und Mika wärst du niemals in das Rudel geraten. Die Chance, dass du Maddox irgendwie anders getroffen hättest, ist astronomisch gering. Und wenn Mika nicht versucht hätte, dich zurück zu bekommen, wäre ich niemals ein Gefangener im Herrenhaus geworden. Ich hätte Liam nicht getroffen.“

„Ich habe nie wirklich darüber nachgedacht“, sagte Leo. Er schien tief in Gedanken zu sein, als Brass fortfuhr.

„Aber es ist nicht nur das. Wenn du nicht so gut mit Zane und Casey befreundet wärst, hätten wir sie wahrscheinlich nie rausgeholt, was bedeutet, dass Kett sie nicht gefunden hätte und Casey wäre nicht hier gewesen, um mir mit Daniel zu helfen.“

„Und Timmy wäre wahrscheinlich tot“, dachte Leo laut.

„Ich weiß es nicht“, sagte Brass zögernd. „Da ich wusste, dass er Damians Gefährte war, würde ich denken, dass ich ihm geholfen hätte.“

Leo lächelte ihn sanft an. „Weißt du, ich bin auch froh, dass du mir nicht geholfen hast. Die Dinge, die mir passiert sind … sie stören mich immer noch, aber ich habe immer daran festgehalten, dass es mich zu Maddox gebracht hat und ich würde diese Schrecken nicht aufgeben, wenn ich dadurch nicht mit ihm zusammengekommen wäre. Ich dachte aber nie, dass es darüber hinaus Belohnungen dafür gäbe.“

„So furchtbar wie es klingt und so leid es mir tut, was du durchmachen musstest, macht es dir doch nichts aus, wenn ich dir danke, dass du es getan hast?“, fragte Brass.

Leo kicherte. „Ich denke nicht, aber lassen wir nicht zu, dass Maddox es mitbekommt.“

„Wahrscheinlich weise“, stimmte Brass zu.

„Ja, deine Reise mit Liam wäre viel weniger romantisch, wenn sie damit anfangen würde, dass du in einem Leichensack weggeschickt wirst.“

„Denkst du, er könnte es mit mir aufnehmen?“ Brass lachte, als die beiden sich auf den Weg ins Wohnzimmer machten.

„Du hast ihn das letzte Mal nur überrascht“, sagte Leo sachlich. „Sollte wieder etwas vorfallen, würde er dich total überwältigen.“

„Bitte.“ Brass rollte mit den Augen. „Der Einzige, der mich überwältigt, ist Liam, und das auch nur, weil unsere Ringkämpfe ein Happy End haben. Und ich liebe ein Happy End.“

„Ich glaube, ich hasse dich jetzt wieder“, sagte Leo mit einem befremdeten Ausdruck auf seinem Gesicht.

„Warum?“, fragte Brass verwirrt.

„Weil unsere Gefährten eineiige Zwillinge sind und du mir gerade ein verwirrtes mentales Bild gezeigt hast, von dem ich bezweifle, dass ich es schnell genug aus meinem Kopf kriegen kann.“

Brass kniff sich in den Nasenrücken und lachte unbeholfen. „In diesem Fall muss ich vielleicht dich hassen. Du hast mir gerade auch so ein unangenehmes geistiges Bild gegeben.“

„Hassen?“ Eine gefährliche Stimme ertönte. „Hast du ein Problem mit meinem Gefährten?“

Brass hob die Augen und sah Maddox mit einem tödlichen Blick in seine Richtung vor sich stehen. Liam stand direkt hinter ihm und sah angespannt aus, als er seinen Bruder auf Anzeichen einer heftigen Reaktion beobachtete.

Brass und Leo tauschten Blicke und brachen in Gelächter aus. Es war einfach zu lächerlich. Und viel zu peinlich, als das Bild wieder in den Vordergrund trat.

Während Maddox verwirrt über ihr Verhalten war, ging

Liam an seinem Bruder vorbei und zog Brass zur Seite.

„Gibt es was, das du mir sagen willst?“, fragte sein Gefährte ihn.

„Gott, nein“, gluckste Brass und zog Liam an sich, damit er ihn küssen konnte. Eineiige Zwillinge oder nicht, der echte Liam war mit niemandem zu verwechseln.

Da jetzt alles im Auto verstaut war, waren sie fast bereit zum Aufbruch. Die Neuankömmlinge genossen den Wald um das Herrenhaus, nachdem sie so lange von der Natur ferngehalten wurden, dass sie nicht viel Lust hatten, sie zu verlassen. Das Rudel war mit Ausnahme von Zane, der mit den anderen Wölfen draußen war, im Wohnzimmer versammelt, um sich zu verabschieden.

Brass schaute sich die Leute an, mit denen er in den vergangenen Monaten zusammengelebt hatte; sie waren wirklich eine Familie. Er sollte sich schlecht fühlen, ihnen Liam wegzunehmen, aber sie sahen nicht nachtragend aus.

Sie sahen glücklich aus.

Kett umarmte ihn sogar.

„Passt auf euch auf, okay?“, sagte Kett. „Und schickt Postkarten, wenn ihr irgendwo an einem coolen Ort seid.“

„Das werden wir“, versprach Brass mit einem Kichern.

Danach blieben sie eine Weile und redeten miteinander, wobei Solomon einige Orte in Europa nannte, die sie besuchen sollten und einige, von denen es besser wäre sich fernzuhalten, wie fast ganz Russland. Es gab mehrere Orte, die Brass sehen wollte, aber Liam und er hatten sich entschieden, Brass’ Anwesen in Schottland zuerst zu besuchen. Es war eines der Lieblingsobjekte von Brass mit der absolut besten Aussicht.

„Wir sollten gehen“, sagte Liam schließlich. „Wir wollen unseren Flug nicht verpassen.“

Es gab noch mehr Umarmungen und Abschiede, bevor sie nach draußen gingen. Maddox würde sie zum Flughafen fahren und dann würden sie abreisen, zuerst nach England und dann mit einem Privatflugzeug weiter nach Schottland.

„Alles in Ordnung?“, fragte Liam ihn, als sie auf den Rücksitz stiegen, um sich zusammenzusetzen.

Brass lächelte. „Und du?“

Liam beugte sich vor und küsste ihn auf die Wange. „Mehr als.“

„Wir werden euch vermissen“, sagte Maddox ihnen vom Fahrersitz aus, als er das Auto anließ und losfuhr.

„Selbst mich?“, fragte Brass, nur halb scherzend.

„Du bist gar nicht so übel, wenn du kein Messer oder eine Brechstange schwingst“, sagte Maddox. „Und du hast meinen Bruder zurückgeholt. Ich kann mir kaum vorstellen, wie schwer das für dich war …“

„Ja …“ Brass dachte nicht gerne über diesen Teil nach, aber zumindest hatte es ein Happy End gegeben.

„Reden wir nicht mehr darüber“, sagte Liam und brach die depressive Stimmung. „Wir fahren nach Schottland, verdammt, lassen wir den Rest einfach in der Vergangenheit ruhen.“

„Du hast Recht“, stimmte Brass zu. „Außerdem, all diese Stunden in der Luft … wir sollten genügend Gelegenheit haben, dem Mile-High-Club beizutreten.“

Liams Augen wurden vor Lust dunkel.

„Jesus“, murmelte Maddox.

„Mach dir keine Sorgen“, sagte Brass zu dem Mann vorne. „Wir werden im Auto nichts anfangen.“

„Sprich für dich selbst“, murmelte Liam und nahm Brass’ Lippen in einem brennenden Kuss gefangen.

Brass verlor seinen Gedankengang, als sein Gefährte ihren Kuss dominierte. Sie würden bis zum Flugzeug warten, aber konnten sie auch warten, bis das Flugzeug in der Luft war?

ÜBER DAWN H. HAWKES

Dawn H. Hawkes wurde im schönen Land Norwegen geboren. In Märchen versunken von dem Moment an, als sie wusste, was das ist, haben die schon immer einen besonderen Platz in ihrem Herzen. Sie hat den festen Glauben, dass es für jeden dort draußen jemanden gibt und es nur darauf ankommt, diesen besonderen Jemand zu finden, was sie auch in ihre Geschichten integriert.

Sie ist ein Fan von fast allem Mythologischen und findet, dass nichts sexier ist als ein Mann, der gegen die Klischees seiner Art handelt, Vampire und Gestaltwandler gleichermaßen, vor allem, wenn er knurrt oder mächtig laut brüllt.

Sie hofft wirklich, dass sie die Menschen um sie herum inspirieren kann, und dass die an der kleinen Welt in ihrem geschäftigen Kopf teilhaben.

Me and the Muse Publishing

WWW.MEANDTHEMUSE.COM

45348791R00143

Printed in Poland
by Amazon Fulfillment
Poland Sp. z o.o., Wrocław